사랑방 사람과 벙거지

사랑방 사람과 벙거지

초판 1쇄 발행 2024년 5월 24일

지은이 김용래
펴낸이 장길수
펴낸곳 지식과감성#
출판등록 제2012-000081호

교정 이주연
디자인 정윤솔, 강샛별
편집 강샛별
검수 주경민, 정윤솔
마케팅 김윤길, 정은혜

주소 서울시 금천구 벚꽃로298 대륭포스트타워6차 1212호
전화 070-4651-3730~4
팩스 070-4325-7006
이메일 ksbookup@naver.com
홈페이지 www.knsbookup.com

ISBN 979-11-392-1854-1(03810)
값 16,700원

• 이 책의 판권은 지은이에게 있습니다.
• 이 책 내용의 전부 또는 일부를 재사용하려면 반드시 지은이의 서면 동의를 받아야 합니다.
• 잘못된 책은 구입하신 곳에서 바꾸어 드립니다.

지식과감성#
홈페이지 바로가기

사랑방 사람과 벙거지

한평생 인생사 가진 사람
못 가진 사람
아픔과 슬픔이 없는 사람
그 누가 있나요?

김용래

글쓴이 김용래가 걸어온 길

연세대학교 행정학과 졸업

연세대학교 대학원 졸업(법학석사)

상지대학교 법학박사(수료)

노량진 한교고시학원 범죄학, 형법, 경호학, 강남행정고시학원 형법, 형사소송법 교수

육서당 한교고시학원 경비지도사 전임교수

안동 하회마을 고시촌 사법고시 강사

신림동 한국법학원 사법시험 형법 교수 역임

연세대학교 행정학 특강

명지대학교 범죄학 특강 및 경기대학교 외래 교수

저서: 형법 6권, 범죄학, 형사정책(상), 형사정책(하), 경호학, 경호학연구, 형사소송법, 교정학, 민간경비론, 경비업법 등 총 18권 출간

(새하얀 눈이 잔잔하게 덮인 고요한 캠퍼스, 늦가을 갈잎처럼 물든 잎새가 아직도 떠나가기 싫다고 애원이라도 하는 듯이 매달리고 있는 초겨울에.)

작가의 말

 푸르른 풀잎들 우거진 노령산맥에서 발원된 여러 개의 실개천을 휘돌아 한 줄기 강 하류로 흐르는 강줄기가 하나로 모여들고 있는 이곳에 나 자신이 오늘도 서성이고 있다.

 작은 산등성이로 이어지는 고요한 언덕길 따라 옹기종기 더불어 살고 있는 큰 마을이 하나, 한낮의 뜨거운 태양, 온몸은 끈적끈적하고 이마에서 구슬같이 맺혀 흐르는 땀방울을 나는 손으로 훔치고 있다.

 어느샌가 저 드넓은 지평선엔 대기 속 수증기가 둥근 영상 속으로 반사되어 비치는 햇무리, 신기루처럼 아름다운 일관(日冠)이 드리우고, 하늘과 땅 사이 자연학적 현상으로 생겨난 물안개, 저물어 가는 태양과 조화가 되어 고즈넉한 가을 들녘을 볼그스름하게 물들이고 있는 황혼의 지평선이다.

 한동안 소식 하나 없던 초등학교 동창생 병인이가 어느 날 갑자기 나타나서 머슴살이하러 가자고 제안하여 졸지에 이곳으로 오게 되어 정력이 모자랄 정도로 힘이 든 일을 매일같이 하고 있다. 이것이 나의 격랑(激浪)의 시련 속에 서성이던 한 시절인지도 모른다.

삼라만상(森羅萬象) 온갖 생명들이 잠이 든 듯 고요한 밤, 우주 사이 수많은 사물과 자연과학적인 현상, 인간의 꿈결 속처럼 한가롭게 여유로운 것만이 아닌 세상만물의 형상이 아니던가?

말없이 흐르는 세월은 바람결에 스치듯이 지나간다. 저무는 강 풀잎처럼, 바람 소리 잎새에 고인 아침 이슬인 듯 '여보시게들……' 어떠한 욕심으로 마음의 집착(執着)을 지나치게 하고 있지는 않은가?

《임연당별집(臨淵堂別集)》에 실려 있는 이양연 漢詩
穿雪野中去 不須胡亂行(천설야중거 불수호란행)
눈을 덮어쓴 들판 속으로 걸어가니,
어지럽게 가서는 아니 될 것이다.
今朝我行跡 遂作後人程(금조아행적 수위후인정)
오늘 아침 나의 행적은 뒷사람의 이정표가 될 것이라.
(조선 후기, 李亮淵 〈野雪〉 중에서)

'눈을 덮어쓴 들판 속으로 걸어가니, 어지럽게 가서는 아니 될 것이다. 오늘 아침 나의 행적은 뒷사람의 이정표가 될 것이라.' 인간의 지혜를 깨닫게 하는 어느 귀인의 참된 진리가 오랜 세월 전설처럼 전해지고 있다.

이승의 번뇌들 고뇌 속에 잠겨 있다가 해탈이라는 피안(彼岸)의 경지에 이르지는 못할지라도 나라는 사람 오늘도 이 글을 쓴다.

그리하여 인생사 삶이란 것은 어느 '절묘한 숙명적 운명'이라는 것이 나 자신을 지금껏 여기까지 이끌고 왔는지도 모른다.

인간사라는 것 오늘 길 떠나는 외로운 나그네일 뿐이다. 비가 오거나 바람이 불면 어느 사랑방 처마 끝에서 조용하게 잠이 들고 잠에서 깨어나면 문견초 마른 풀잎 사이로 난 이름도 모를 산길을 따라 떠도는 뭉게구름일지도 모르는 인간일지라. 비뚤배뚤 거친 황무지 길을 헤치면서 나 여기에 왔다.

수많은 세월이 흐른 지금, 나의 할아버지 산소는 오늘날까지도 만주 드넓은 산야 어딘가에 묻혀 있다.

저 만주라는 대륙은 고구려 그리고 발해국가, 우리 민족의 국가통치권이 미치던 생명수와도 같은 거대한 대지였으나 오늘날까지 영영 잃어버린 광활한 영지(領地)로서 고통과 슬픈 역사를 가진 우리 민족이다.

태평양 전쟁과 일본 제국주의 침략, 일제 강점기, 그들의 핍박(逼迫), 모진 박해(迫害)를 피해 만주 봉천으로 도주하여 망명 생활, 고요한 산기슭에 은밀한 안식처를 찾아 할아버지와 아버지의 불굴의 정신으로 5년간 황무지를 개간하여 풍성한 수확의 계절에 이르러 해방의 기쁨을 맞이하였다. 그러나 그것도 잠시, 마적단의 습격으로 할아버지를 길림성 사평현 산야에 묻고 아픔을 뒤로한 채 2개월 여간 빗속을 걸어 만주에서 압록강 철교를 건너 신의주 기차역에 도착 후 삼등열차를 타고 한반도(The Korean Peninsula) 남쪽 고향으로 돌아왔다.

그리하여 그 슬픔에 대한 흔적은 영영 찾을 길이 없다. 바람결에 흘러간 빛바랜 흔적에 대한 나의 아리고 슬픈 어리석은 기억들, 지난 삶에 대한 심오한 고뇌와 번민, 깊고도 섬세한 인간적인 아픔에 대한 '미숙한 성찰'이 불현듯 아름다운 추억으로 거듭 반추(反芻)된다.

늦가을 갈잎처럼 물든 오래된 흔적 같은 사랑방의 낙서장에는 우리가 차마 표현하지 못한 사연들이 차곡차곡 인생 역정의 과정이나 되는 것처럼 포개져 있음을 말한다.

약 1년여 간 덧붙여 살아온 사랑방에서의 애틋한 삶도 따듯한 정도 남기지 아니하고서 이제 떠나가는 사람에게 그 이유도 묻지 말라. 하염없이 내리는 눈 속을 홀로 걸어서 말없이 가련다.

싱그러운 봄날, 곱게 피어나는 꽃 같은 젊은 내 청춘 머슴으로 맺힌 가슴 아린 세월, 이곳에 더 이상 머물기에는 아까운 청춘이다.

여름날 뙤약볕 아래 찔레꽃 가시에 찢긴 이내 가슴을 부여안고, 언덕길 땀방울에 젖어 찢어진 검정고무신 하나 손에 들고서 손수레를 끌고 가다 미끄러진 인생이다.

무거운 짐 가득 얹은 지게를 지고 가다 흘린 눈물에 맺힌 한은 어찌하나.

누군들 굴러먹다가 낡아 빠진, 구멍이 '뻥뻥' 뚫린 벙거지가 되고 싶어서 되었나.

너무나도 심하게 울퉁불퉁 파이고 구부러진 자갈밭길이 나의 인생길이 아니었던가. 지평선 들녘 쓰러져 가는 허수아비 같은 인생, 세상살이 온갖 시름을 간직한 인생이다. 푸릇

푸릇 새싹처럼 고운 청춘, 굽이굽이 눈물로 얼룩진 인생의 영혼이다.

 살아 있는 자는 하나도 없고 구천을 떠도는 혼백(魂魄)만이 존재하는 죽음의 계곡 공동묘지, 죽은 자의 영혼만이 안식처로 살아가는 금단 지역을 젊은이가 매일같이 예고도 없이 무자비한 점령군이나 된 듯 침범했다가 우글거리는 뱀 소굴에서 죽기 일보직전에 살아난 인생이다.

 간담이 서늘한 스릴과 아름다운 로맨스 사이에서 살아온 나에게는 더 이상 연민의 정도 동정심이라는 손길 하나도 주지 말라.

 구멍이 난 벙거지 하나만을 가엾게도 머리에 뒤집어쓰고 아주 멀리 떠나가련다.

 모든 것이 사라진 지평선 아래 허허로운 들녘, 차가운 바람만이 귓전을 때리고 매섭게 내리는 눈발 사이로 이제는 사랑방 사람도 벙거지 하나만을 머리에 쓰고서 떠나가야 한다.

 아득한 먼 세월, 시냇물처럼 흐른 후 그 기억에 대한 추억은 여린 가슴속 슬픔으로만 남기겠다.

글쓴이가 남긴 말

  오늘날에는 다른 세상에서 살아가는 사람이라도 되는 듯이 격세지감(隔世之感)을 가슴 깊이 느끼면서 이 글을 씁니다.
  한평생 인생사 가진 사람 못 가진 사람 아픔과 슬픔이 없는 사람 그 누가 있나요?

2024. 5. 24. 글쓴이 김용래

차례

작가의 말 ································· 7

1. 감귤과 삼류 드라마 ················ 16
   추억의 강기슭

2. 독불장군 ····························· 31
   꽃바구니 소녀
   여인의 치맛자락

3. 단발머리 나비 소녀 ················ 44
   단발머리 나비 소녀
   외로운 뱃고동 소리
   꽃 편지 아내

4. 흡혈귀와 승냥이 ···················· 66
   산딸기 소녀

5. 헤픈 양갓집 규수 ··················· 77
   애끓는 마음

6. 죽음의 공동묘지 ··················· 105
   비에 젖은 벙거지

7. 맨발의 청춘 ························· 118
   새아기 검정 고무신

8. 청상의 독수공방 · 134
　　뜨거운 영혼

9. 심장의 고동 소리와 처녀의 가출 · · · · · · · · · 147

10. 밑창이 닳아 빠진 군화 · · · · · · · · · · · · · · · · · 164
　　애잔한 시선
　　외할머니 레퍼토리

11. 화살 같은 매서운 시선 · · · · · · · · · · · · · · · · 184
　　초승달 어머니

12. 코흘리개 어린아이 · 205
　　희미한 비애

13. 부지깽이로 쓴 글씨와 벽화 · · · · · · · · · · · · 218
　　雨中玫瑰色的女人
　　빗속의 장밋빛 여인
　　이슬에 젖어 든 눈동자

14. 아리따운 여인의 치맛자락 · · · · · · · · · · · · · 237
　　애린 미소 안주 삼아

15. 하룻밤 맺은 인연 · 252
　　고운 님 오신 날 밤
　　석별(惜別)의 정

1. 감귤과 삼류 드라마

　초가을 서쪽 하늘가 상쾌한 느낌을 가져다주는 하늬바람이 시원스럽게 불어오니 들녘의 곡식들이 누렇게 영글어만 간다. 푸른 융단의 금잔디가 부드럽게 깔린 호정의 허영청 초가지붕 위에도 호박들이 풍성하게 큰 덩치를 자랑한다.
　한 식경쯤 영자가 사랑방으로 나를 찾는다. 언니 영란이가 제주도 수학여행 기념으로 밀감 한 상자 사 왔다고 먹으러 가자고 한다.
　"너 이거 좀 먹어 보거라?"
　안주인은 접시 그릇에 정갈하게 담긴 밀감 몇 개를 내 앞으로 밀어 주신다.
　'……'
　나는 말없이 생전 처음 본 과일 하나를 집어 들었다. 그리고 밀감 한 개를 통째로 허겁지겁 입에 밀어 넣었다.
　'까르르' '호호호'
　중학교 2학년 영미와 초등학교 6학년 영자도 재미있다고 크게 웃는다.
　"이 과일은 껍질을 이렇게 벗겨서 먹는 거야?"

여고 1학년 영란은 정갈하게 껍질을 벗긴 밀감 하나를 내게 다정한 눈빛으로 건네준다.
 부잣집 안방에서 생애 처음으로 먹어 보는 황금색 밀감, 그뿐만 아니라 안주인께서는 김이 모락모락 솟아오르고 있는 뜨끈뜨끈한 떡을 시루에 담긴 채로 안방으로 들여 놓는다.
 주인마님의 고결한 마음씨, 정성을 들여 둥근 질그릇에 찐 시루떡을 통째로 방 한가운데 놓고서, 칼로 정갈하게 잘라 큰 접시에 가득가득 담아 내 앞에 놓아 준다. 누가 보면 매일같이 진수성찬을 차려 놓고 생일잔치라도 하는 줄 착각하게 생겼다.
 호롱불만을 유일하게 켜 놓고 살아오다, 여러 개의 촛불을 켜고서 소녀들과 함께 뜨거운 정감과 여유로움이 가득하게 넘치는 따뜻한 안방에서의 행복감이란 내가 평소 우리 가정에서 한 번도 느껴 보지 못한 감동 그 자체이다.
 또한 그랬다.
 나는 밀감이라는 걸 장날 어머님 손을 잡고 시장에 따라다니면서 한 번쯤은 보긴 본 열매지만 아직까지 먹어 보질 못했다. 찢어지게 가난한 집안 장남으로서 하루 한 끼 먹고 사는 것도 어렵던 시절, 그러한 사정으로 그럴 수밖에 없었다.
 엊그제같이 느껴지는 지난날에 대한 기억들, 그 추억에 대해 다시금 골똘히 되새김해 보면서, 새로운 환경에 익숙하지 않고 낯설고 서먹한 이방인이 우수에 젖어 있는 듯 낯간지러운 시절 삼류 드라마의 연극배우가 어색하게 연출을 행한 것처럼 나에 대한 언짢고 씁쓸한 표정을 지어 본다.

꽃샘추위 속 대지에는 찬 서리가 내린 후 작은 시냇가 여울목으로 가는 길에 메밀꽃처럼 하얗게 부서지는 물보라, 은은하게 피어오르는 물안개 사이로 자색과 백색의 아이리스꽃이 아리땁게 핀 두메산골의 아침나절이었다. 한동네 사는 초등학교 동창생인 병인이가 나에게 불쑥 찾아왔다. 타향에서 머슴살이하던 그는 장로 댁에서 머슴을 구해 오라고 해서 심부름 왔다고 한다.

"너, 나와 같이 1년간 머슴 살래?"

"그래, 1년에 얼마 주는데?"

"쌀 다섯 가마니."

"다섯 가마니면 현금으로 얼마냐?"

"응, 나도 잘 모르는데 한 오만 원 정도 될 거야!"

"좋아! 그러지 뭐."

희미한 초승달 아래 신부의 면사포처럼 희고 얇은 구름이 하늘을 덮고 있을 무렵, 나는 어머님께 편지 한 통을 써 놓고서는 외할머니께 눈인사만 하고 그길로 집을 나왔다.

애당초 시작부터 낯선 이방인이 되어 이곳 사랑방과 깊은 인연의 끈을 만들어 가게 된 것이다.

화창한 생명의 봄을 구십춘광(九十春光)이라 했던가. 아지랑이 잔잔한 물결처럼 너울거리고 새들의 합창 소리가 경쾌하다.

노란 개나리꽃 피어나려고 할 즈음, 아직도 겨울이 가는 것을 아쉬워하는 듯 조금은 남아 있는 눈서리 속에서 피어나고 있는 봄의 전령사 얼음새꽃 위로 예쁜 나비 한 마리가 시원하게 하늘을 비행한다.

방앗간 뒤편 허름한 공간에 마련된 큰 방 하나, 그리고 가마솥 아궁이에는 장작불로 인해 따스한 공기가 가슴 깊이도 머물고 있다.

여러 사람들, 고되고 힘든 하루를 견딘 머슴들만의 공간, 바글바글 인간적인 냄새가 물씬 풍기는 사랑방이 있어 너무도 좋다.

비록 누추한 안식처지만, 땀으로 찌든 온몸을 씻고서 편하게 하루를 지낼 수 있는 행복한 공간이지만, 며칠 전 사랑방 벽과 천장에 온갖 신문지로 도배를 하여 산만하다.

그것도 병인이가 꼬부랑 할미와 함께 도배하여 바른 벽과 천장이 가끔은 청결한 느낌도 든다. 들녘에 어둠이 드리우고 논두렁 사잇길 달빛이 어리면 오늘 하루를 마무리하고 갯고랑에서 빨랫비누로 대충 몸을 씻고서는 급하게 저녁밥을 먹어 치우고 사랑방으로 향한다.

밤이 되면 남루한 옷가지들이 즐비하게 대못을 박은 벽에 걸리고, 녹초가 된 영혼들이 하루하루 쉬었다 가기에 안성맞춤 공간이 사랑방이다.

방앗간에서 저 멀리 떨어진 외딴곳에 한옥으로 된 아담한 작은 주점이 하나 있다.

그 안마당엔 석류나무와 큰 느티나무가 한 그루씩 서 있고 산골짜기에서 흐르는 실개천의 물소리가 잔잔하게 들려온다.

대문 옆 바지랑대를 세워 놓은 빨랫줄에는 정성스레 널어놓는 옷가지들이 솔솔 부는 산들바람에 하염없이 나부끼고 있다.

주모는 사십 대 초반으로 보이는 곱다란 여인이다. 코스모스처럼 하늘거리는 듯한 몸매에 옷맵시가 단정하다. 작은 주막과 단아한 주모가 혼연일체가 된 듯 아늑한 분위기가 연출된다.

"동가홍상(同價紅裳)이야?"

"그래, 같은 값이면 다홍치마지."

"나는 주모를 하루만 못 봐도 심장이 멎을라 그래."

어떤 술주정뱅이는 멋지게 호강을 한번 시켜 주겠다고 노골적으로 유혹하면서 상사병까지 걸리게 만든 사람이 주모라고 자랑이라도 하듯 헛소리를 지껄이고 있다.

아무튼, 이른 아침이면 한결같이 대문 앞부터 시작하여 집 안을 깨끗하게 쓸고 청소를 한다. 그 여인의 성품은 온화하면서도 서글서글한 마음씨로 보아 기품이 있어 보인다.

아첨꾼들이 환심을 사려고 좋은 얼굴빛을 띄우며 무진 애를 쓴다. 교언영색(巧言令色)이 아닐 수 없다.

농군들이 술 한잔 마시고 하는 말에 주모는 세상물정도 모르고 살아가는 사람들이라고 웃음으로 답한다.

"입에 침이나 바르고 말하세요. 집으로 돌아가 댁의 마나님 궁둥이나 두드리세요."

"이 좋은 봄날에 집보다 여기가 좋네요."

"옷은 새 옷이 좋다지만…."

그러면서 그 여인은 오랫동안 살을 맞대고 살아온 마누라 엉덩이가 좋다고 강조하면서 미소 한번 살짝 던지고 미꾸라지가 손가락 사이로 빠져나가듯 요리조리 교묘하게 잘도 넘긴다.

"우리 낮술도 한잔 걸쳤으니 누가 노래 한 소절 불러 보겠나?"

"내가 먼저 한 곡조 뽑아 보겠네."
"아니야, 내가 먼저 걸쭉하게 불러 볼까?"
"그러시구려!"
"어화둥둥 내 사랑, 이리 보아도 내 사랑이구려."
"저리 보아도 내 사랑이다."

한 젊은 농사꾼은 흥에 겨워 혼자 원맨쇼라도 하는 듯 새로운 탱고 자세를 취하다가, 스텝이 꼬여 나무로 만든 평상에 한쪽 다리가 걸려 꼬꾸라지더니 그만 개울가로 빠지고 말았다.

또한 어떤 농군은 밤새 여윈잠을 잔 것인지 아니면 뜬눈으로 날을 새우다 주막에 나온 건지 잠이 덜 깬 목소리로 노래 한 곡조 부르고 있다.

"한 소절 불러 보겠소?"
"아주까리 동백꽃이 치맛자락에 설레는 마음~"
"노래 가사를 까먹은 것 같네."

생음악이 연주되는 소극장 무대 같은 곳도 아닌 외로운 산골짜기에서 삼위일체 물소리, 새소리, 바람 소리에 의한 세 박자 조화로운 리듬에 맞추어 한 소절씩 술에 취한 듯 구성지게 부르는 노랫가락이다.

"킥킥킥, 야! 이 사람들아! 대낮에 일들은 안하고 그놈의 사랑 타령 좀 그만해라!"

누군가 이들의 분위기를 완전히 깨 버리는 사람이 있었다.

"허, 참! 정신들이 나간 사람들이야."

이 마을에서 제일 연세가 많으시고 아주 성미가 곧고 깐깐한 어른의 꼬장꼬장한 목소리가 이들의 익살스러운 행동에 제동을 걸었다. 노인이 야단을 그리 쳐 대도 한두 사람은 노인의 말을 들어 먹지 않고 무시하고 있다. 깐깐한 노인은 지팡이로 술판을 밀어 엎어 버렸다.

"아니? 젊은 놈들이 들판에 가서 일은 안 하고 무슨 짓거리야!"

"노인장 미안해요."

"저분은 성미가 너무 급하셔."

신비로움이 가득 찬 따스한 봄날 고운 새들의 합창 소리처럼 농사꾼들이 멋진 노래 한 곡조를 뽑다가 제지를 당하고서는 논밭으로 나간다.

들녘에 일하러 나온 농군들이 주모를 한 번이라도 더 보기 위해 참새가 방앗간 드나들듯 매일매일 목로주점에서 노닥거렸다. 그러나 아낙네들은 주모에 대한 질투심이 발동하여 매일같이 험담을 늘어놓는다.

"혹시……."

"남편 잡아먹고 온 여자가 아닌가?"

"생긴 것은 얌전해 보이는 여자가 남편 잡아먹고 왔겠어!"

이런 두메산골 촌구석까지 들어와서 술장사나 한다고 동네 아낙들이 은근히 비웃는 듯 빈정대는데도 그러거나 말거나 주모는 싸늘한 미소 한번 짓고서 넘긴다.

그렇게 하루하루 시간이 흘러감에 따라 주모도 어느 정도 자리를 잡아 이곳 사람이 된 듯 터를 잡고 살아가고 있으나, 말이 많은 여자들은 아직도 주모와 친해지려 노력하기는커녕 도리어 비꼬는 태도가 여전하다.

"그렇게 매력이 절절 넘쳐흐르는 여자야?"

"무슨 소릴."

"아니! 내 눈에는 앙큼스레 생겨 처먹은 게……."

"얌전한 고양이 부뚜막에 먼저 올라가는 거 못 보았나?"

이러한 주모에 대한 소문은 건넛마을까지 퍼져 나갔다. 아낙네들 서너 명만 모이는 장소면 이유 없이 앙금이 맺힌 듯 말을 이어 간다.

낮에만 정숙한 여자인 척 거짓으로 포장된 꼬리가 열두 개나 달린 요망한 여우라고 한다.

그러한 풍문들이 듣는 이들로선 재미있다는 표정들이다.

"아마, 껍질을 벗겨 놓으면 그 정체가 드러날걸!"

"글쎄, 엊그제 장로 댁 큰머슴이 쌀가마도 들여놓았대."

"그럼, 벌써 샛서방 본 거여?"
"아니 서방 없는 과부가 샛서방은 무슨 놈의 샛서방이냐고?"
"그래, 샛서방 없는 우리는 서러워서 어찌 살라고?"
또 다른 아녀자가 '씩' 회심의 미소를 지으며 말한다.
"설마……."
"이 사람아! 설마가 사람 잡는 거 못 봤어?"
"호호호."

선남선녀가 사랑에 빠져도 불륜으로 매도하고, 사촌이 땅을 사도 배가 아프다고 하지 않았던가. 동네 아낙들이 이구동성으로 주모를 질시(疾視)하지만 얼굴 표정하나 변하지 않고 잘 버티고 있다.

비록 낯선 이방인처럼 이곳에 와서 술장사를 할지언정 정숙한 여인이었다.

언제부터인가 주모는 내가 지나갈 때마다 절친한 친구라도 된 듯 따스한 눈빛으로 은은하게 바라보며 불러 세운다.

"미남 총각!"
"……."

나는 못 들은 체 고개를 숙이고 지게를 진 채 지나치곤 한다.
"총각!"

본시 나는 목석같은 사람이 아니다. 처음 본 사람들에게도 금세 가까워질 뿐만 아니라 인사도 잘하고 정다운 사람이다.

"왜 그래요? 누님!"

"우리 미남 총각 새벽부터 하루 종일 새참도 못 먹고 일했으니 오죽 시장할꼬."

고요하게 흘러가는 강줄기 따라 오랜 세월 비바람에도 버티고 있는 느티나무 아래 조그마한 정자가 하나 있다. 정자 한가운데 올라가 앉으라고 손짓을 한다. 누님은 정성 들여 간식으로 국밥 한 그릇 가득 담아 내온다.

세상에 태어나 소박하지만 정갈하고 근사한 수라상 같은 손맛의 음식은 처음 받아 본 듯하다.

느티나무 그늘 아래에 놓여 있는 정자 뒤편 툇마루에 걸터앉아 막걸리를 코가 삐뚤어지게 마시고 있던 큰머슴이 이러한 정감 넘치는 풍광을 눈여겨보았다. 내가 이마에 땀을 훔치며 마루에서 간식을 먹고 있는데 큰머슴이 눈에 쌍심지를 켜고 다가선다.

"우라질! 이 꼬맹이가 왜 여기까지 따라와서 빌어먹고 난리야?"

밥상머리에서 침을 튀겨 가며 새우 눈깔을 번뜩인다.

남이 잘되는 꼴을 못 보는 놀부의 심보를 지닌 사람같이 행동한다.

"누가 누굴 따라와요. 아저씨! 제발 비꼬아서 꼬맹이라고 부르지 마세요."

"뭐라고? 젖비린내 나는 주제에."

"저, 징병 검사까지 마치고 왔어요."

"학교에서 깡패 짓하다가 쫓겨난 주제에…."

그는 나에 대한 질투심이 강한 자로 내가 학교에서 사고 치고 이곳으로 도망 온 것이라 확신하고 있었다.

"제가 여길 오기 전에 친구는 해병대에 지원해서 갔어요."

"이게, 새경을 쥐꼬리만큼 받고 있는 주제에…."

"주인이 그거밖에 못 준다는데요."

"이게, 꼬박꼬박 말대꾸네!"

"그런데, 왜 저만 보면 쓸데없이 요설(饒舌)이 길어요?"

"뭐, 욕설이 어쩌고?"

"욕설이 아이고 요설이라고 했어요."

"이게 신문하고 소설책만 보더니 요사스러운 말만 하고 자빠졌네!"

그렇다. 큰머슴은 1년 새경으로 쌀 스물여섯 가마니를 받는다. 나는 그의 말대로 쌀 다섯 가마니, 쥐꼬리만큼 받기로 책정을 했다. 그는 "너와 내가 받는 새경 자체에 엄청난 차이가 있는데 감히 나와 맞먹으려 하느냐"라고 말한 적도 있다. 하지만 일도 안 하고 쓸데없이 땅 파면 그 돈이 거저 생기는가.

"저 많이 참고 있는 거 모르세요?"

"아니 이놈이 뒹간에서 만화책과 소설책만 보더니!"

"화장실에서 책도 내 맘대로 못 봐요?"

"뭐야! 감히 대들려고 하네. 아주 간땡이가 부었어?"

"고운 말 좀 쓰세요."

"싸가지 없는 놈 같으니라고……."

"어른이면 모범을 보이세요."

큰머슴은 경박스러운 말투로 나에게 핀잔만 늘어놓고 있다. 그러나 나는 그러한 언행에도 맛이 근사한 음식을 잇따라 '꾸역꾸역' 입에 넣는다.

인간은 양면성이란 성향을 지니고 있다. 한편으로는 아무런 욕심도 없는 듯 겉으론 순수하고 순박한 성품을 지닌 것처럼 보일지라고 내면적으로는 교활한 성격을 가진 자도 일부 있지 않은가?

"금강산도 식후경이라고 하는데 왜, 밥 먹고 있는 사람을 괴롭혀요?"

"내가 저거 때문에 스트레스가 이래저래 말이 아니구먼……."

"앞으로는 그런 소릴랑 마세요."

주모는 상냥한 말로 속삭이듯 부드럽게 말을 건넨다. 누구든지 자신보다 어리다고 사람을 너무 업신여겨 얕잡아 보지 말라는 충고의 뜻에서 그리 말한 것이다.

푸르고 고요하게 흘러가는 강줄기 따라 넉넉하게 여유로움을 간직한 누님 같은 분이 고마울 따름이다.

추억의 강기슭

외로이 흰 구름
저무는 산야

산새들도 밤의 숨결 따라
잠자리에 들려 하니

고기잡이 뱃사공은
금세(今時) 어디로 갔소
물길 따라 드넓은 강

물새들만이 샛노란
갈대밭 물줄기 사이로
쓸쓸하게 추억을 헤이다

고개 들어 하늘을 보니
오늘 하루도

어스름 초승달 아래
강기슭 수평선에 섧다

2. 독불장군

  산골짜기에 먹구름이 드리운 여름날, 소나기가 내린 후 동쪽 하늘가에 한순간 찬란한 햇빛이 반사되어 한 줄기 오색의 무지갯빛이 근사하게 시야에 드리운다.

  동편 산기슭에서 시원하게 스치는 바람으로 인해 산야에는 화사한 진홍빛 꽃 무리가 물들고 있다.

  봄날 잔잔하게 흐르는 강가에서 우연하게 만난 스물세 살 먹은 한동네 머슴인 칠국이는 읍내에 예쁜 여자가 많다고 나를 꼬드기고 있다.

"내가 멋지고 예쁜 여자를 하나 소개시켜 줄까?"

"뭐, 예쁜 여자?"

"아주 멋진 여자와 연애를 해 봐야지!"

"아니! 그런 여자가 지금 어디에 있어?"

"사실은 말이야! 내가 아는 곳에 새로 온 여자가 몇 명 있거든."

"난 그런 데는 안 가!"

"아니! 왜 안 가? 왜, 도대체 너는 무슨 생각을 하길래 안 가겠다고 바득바득 우기는 거야!"

"너는 그곳이 근사할지 모르지만 나는 그저 그래."

"그래, 너 혼자만 고집불통 독불장군이냐? 융통성이라고는 하나 없는 외고집이야."

"그런 읍내에 안 간다는 게 뭐가 어때서?"

"나는 매일같이 애인이 보고파서 손에 일이 잡히지 않을 때가 많다."

"종일 여자 타령이나 하고 한눈만 팔고 사냐?"

"그럼 어떻게 해?"

"너나 실컷 사랑한다는 애인이나 만나고 다녀라."

칠국이는 나를 이해할 수 없다는 듯 고개를 '살래살래' 흔든다. 그러고는 땅바닥에 놓여 있던 노란 물주전자를 손에 들고 물을 '꿀꺽꿀꺽' 한두 입에 다 들이켜고 있다.

나는 더 이상 말 못 하게 강한 어조로 한마디 더한다.

"넌 어떻게 매일 애인 생각만 하냐?"

'일 끝나고 저녁이 되면 책이라도 좀 봐야지. 젊은 날 눈알 빠지게 공부는 못 할지언정 신문이든 무슨 책이든 공부라 생각하고 좀 읽어 봐.'라고 충고 한마디 해 준다.

"거 맨날 애인 타령만."

"너는 연애 소설은 안 보고 추리 소설만 보냐?"

"닥치는 대로 다 읽고 있어."

"뭐, 그런데 내가 너보다 나이도 많은데 꼭 반말로 지껄이고 있어!"

"우리 같은 머슴 주제에 뭘 그래."

"어쭈구리. 이거 봐라. 학교에서 쫓겨난 주제에……."

"뭐라고? 쓴맛 좀 볼래?"

"그렇다면, 체력 단련 삼아 어디 한판 붙어 볼까?"

나는 장난 삼아 호기 아닌 허세를 한번 부려 보았다.

"그래 우리끼리."

그러면서 나는 태권도 품새에 대해 잠깐 시범을 보여 주었다. 겨루기, 발차기, 찌르기 등 공격 자세와 몸통막기, 얼굴막기 등 방어 자세 몇 가지를 보여 주고, 태극권에는 1장부터 8장까지 있다고 힘주어 말했다.

"자, 내가 이소룡이 선보인 중국 정통 무예를 한번 시험 보일게."

"그럼 영화에 나온 쌍철권 흉내 좀 내 봐."

"지금 쌍철권이 준비가 안 된 상태니까 다음에 화살코가 준비해 와."

그러면서 고려, 금강, 태백, 평원, 지태 등 총 9가지 중 일부만을 빠른 동작으로 한 수씩 감상케 했다.

"정말 멋지게 하는데."

"중국 무술이 멋지냐? 아니면 태극권이 멋지냐?"

"나는 무술에 대해선 전혀 몰라."

"이번에는 특공 무술 시범을 보일까?"

이곳에 오기 전 이웃집에 사는 큰형님 같은 분이 서울에서 학교를 다니면서 몇 년간 태권도, 유도, 합기도 및 특공 무술을 도장에서 전수받고, 공인 9단의 유단자 단증을 소지하고 있었다. 나는 깊고 으슥한 산마루턱 아래 안정적인 산속에 돌과 나무 등 목책을 둘러쳐 산채(山寨/山砦) 하나를 만들고 세상과의 인연을 피하여 은둔(隱遁)하듯 약 1년여 간 달빛과 별빛을 등불 삼아 최선을 다하여 형님에게 수련받아 왔었다.

산어귀 곱고도 아름답게 피어난 자줏빛 야생화 엉겅퀴들이 무예를 수련하는 소년들을 반기는 듯하다. 고요한 마음으로 운무에 잠긴 산마루턱을 응시하고 있을 즈음 갑자기 '후드득' 쏟아지는 소나기에 온몸이 흠뻑 젖어 든 상태로 산중턱의 바위들을 체력 단련 삼아 뛰어넘고 또 뛰어넘는다. 그것도 거침없이 가파른 바위산을 오르고 달려도 보았었다.

어느새 세차게 내리던 소나기도 멎고 강 건너 저 멀리에는 오색 무지개가 영롱하게 피어오른다.

"야! 가파른 바위산을 잘도 오르는 구나."

"날다람쥐야?"

"아주 민첩하네."

동네 친구들 10여 명과 함께 매일같이 밤낮으로 품새 연습과 대련을 해 오던 중 새 마을 지도자와 이장이란 사람이 '동네 애들을 모두 깡패로 만들려고 작정이라도 했느냐'라며, 더 이상 못 하게 방해를 하여 포기하고 산마루 너머 깊숙한 산채에서 모두가 철수했었다.

우리들의 수련 과정은 그자들이 주장하는 것처럼 동네 어린애들을 깡패로 만드는 과정이 아니라 신체 단련과 정신 수양을 위한 과정임에도 무지한 사람들이 무엇을 알겠는가.

아무튼, 나보다 네 살이나 많은 그는 기가 죽었나 보다. 그는 두꺼운 입술에 화살촉같이 끝이 삐죽하게 아래로 숙인 코를 가지고 있다.

우리는 그의 코를 보고 화살코를 가진 자로 멋진 별명 하나를 만들어 부르곤 하였다.

어쨌든, 그는 자신의 코가 너무 멋지게 생겼기 때문에 여자에 대한 바람기가 다분할 수밖에 없다고 자만하고 있다.

그 이후에도 주일날 저녁 장로님 큰딸 영란이와 교회에 가지 말고 애인을 소개해 주겠다고 정신적인 압박감을 여러 번 주었다. 그가 아무리 자극적으로 꼬드겨도 나는 매번 단호하게 거절했다.

"너만 독불장군 외골수로 태어난 놈이냐?"
"그러는 화살코는 평생 바람둥이로 살래?"
"허허, 그래 우리 한번 웃자."

우리 집 대문 앞에 눈동자가 아리듯 노란 개나리꽃이 피어날 때쯤이면 나는 서울로 간다고 자랑 삼아 힘주어 말한다.

오늘도 나는 소꼴을 발채가 찢어지도록 지게에 얹고서 어깨에 짊어지고 주점 앞을 지나간다. 주막의 싸리문 앞에서 병인이와 칠국이가 담배 한 대씩 꼬나물고 종범이와 막걸리를 벌컥벌컥 마시면서 노닥거리고 있다. 담배 연기를 목구멍 깊숙이 연방 빨아 댔다.

청상과부 댁 머슴인 종범이는 헤어스타일 자체가 곱슬곱슬한 머릿결을 유지하고 있다.

오늘은 그가 무슨 불만이 있는지 애꿎은 담배꽁초를 땅바닥에 내동댕이치더니 장홧발로 짓이긴다.

"영기야."

그가 안면에 부드러운 미소를 머금고서는 나를 부른다.

"왜 불러?"

"내가 술 한잔 살게. 마실래?"

"얼큰하니 참 좋다!"

"우리 한 잔씩 마시면서 살아가자고……."

하루하루 힘든 삶을 참고 견디는 머슴이라는 주제를 파악하자는 뜻이다.

병인은 황소처럼 큰 눈깔을 굴리면서 나에게 유혹의 손짓을 한다.

"너희들, 누구 지금 약 올리고 있어!"

나는 지게를 작대기로 받쳐 놓는다.

"갈증이 나서 시원한 물이나 마실게!"

나는 친구들이 술을 권해도 술과는 거리가 먼 사람이라고 생각한다.

느티나무 그늘 아래를 지나 네모반듯한 우물가에서 표주박으로 샘물을 가득 퍼서 '벌컥벌컥' 들이켜고 푸념 한마디 없이 다시 지게를 어깨에 짊어지고 타향의 나그네처럼 훌쩍 그 자릴 비운다.

고요한 하늘에는 수많은 별들이 찬란한 빛을 발하고 있다. 사랑방 부엌의 아궁이엔 '여울여울' 장작불이 타오른다. 거적문을 열고 들어서니 구석진 자리에 병인이가 꾸벅꾸벅 졸고 있었다. 방이 얼마나 뜨거운지 금세 엉덩짝이 노글노글하게 지져지고 있다. 눈을 지그시 감고 벽에 기대어 있다가 맨바닥에서 벙거지를 베개 삼아 꼬부리고 새우잠을 청했다.

  여인네들 치맛자락 사이로 봄바람이 살랑살랑 불어오는 산기슭에 제일 먼저 푸릇푸릇하게 돋아나는 원추리 무리들 너머, 명경지수(明鏡止水) 시냇물이 흐르는 작은 바위 사이로 노란 난초 몇 그루가 꽃 무리를 지어 곱게도 피어나고 있다. 영미와 영자가 따뜻한 햇볕 아래 한가로이 나물을 캐고 있다.

꽃바구니 소녀

하늘빛도 은은한
산야
그 아래 푸르디푸른
새싹들
실바람 넘실거리는
널따란 들녘

고운 소녀들이
한가로이
꽃바구니에
어여쁜 손으로
푸성귀
나물을 캔다

긴 머리 소녀의
부푼 가슴에도
봄의 향기를
가득가득 채운다

햇살이 그윽하게 비치는 양지바른 들녘에서 나물을 캐서 조그만 바구니에 담아 맑은 물이 흐르고 있는 시냇가에서 나물을 정갈하게 씻고 있다. 노란 난초 꽃잎 사이로 영미는 자연스러운 몸짓으로 방긋, 가볍게 웃더니 나를 보고 미소를 짓는다. 봄바람 그윽한 향기가 따스한 햇살 아래 나를 반긴다.

오늘도 주인아저씨는 지게 다리가 부러지도록 삽으로 흙을 잔뜩 퍼 발채에 올려 담아 준다.

"야! 인석아, 더 많이 지고 다녀야 모내기 전까지 일이 끝나지! 이런 식으로 하면 어느 세월에 다 하냐!"

덩치가 항우장사처럼 큰 주인은 날마다 나를 아스러지도록 녹초로 만든다.

흙 지게를 지고 가는 나의 양쪽 다리가 휘청거린다. 발채 위로 흙덩어리들이 넘쳐흘러 목덜미를 타고 사타구니까지 파고든다. 주인이 자리를 비운 뒤 큰머슴과 인부들은 하나같이 나에게 화풀이를 해 댄다.

"야, 무지막지하게 너 혼자서 일을 억세게 많이 하면 결국 그 화살이 우리에게 날아와서 우리 보고 농땡이꾼이라고 해!"

나에게 윽박지르듯 도끼눈을 부라린다.

"저는 오로지 주인 명령에 복종을 할 뿐입니다."

인부들은 나에게 무거운 짐에 눌려 청년이 되어도 키가 자라지 않고 난쟁이 똥자루가 될 것이라고들 한다.

"아니, 저도 깡다구로 버티고 있다고요. 이거 좀 보세요."

묵묵히 일만 하던 나는 변명이라도 하듯 웃옷을 벗고 어깨 살갗의 굳은살을 보여 주었다.

"어이구, 이거 잘못하면 어깨에 난 상처가 곪아 터지게 생겼네."

"이제 보니, 으스러졌네."

모두들 내 양쪽 어깨를 보고 깜짝 놀라는 눈치다. 그렇다면 응급 처방으로 약국에 가서 약이라도 사다 발라야 되겠으나 이른 새벽부터 저녁노을이 지고 밤이 이슥해질 때까지 논밭에서 굴러다니는 놈이 무슨 재주로 읍내까지 약을 구입하러 가겠는가.

한 식경이 되어 국수를 끓여 온 우리 집 찬모 아주머니께서 방천길 위에서 우리를 부른다.

"새참 들고 하세요."

"예. 지금 가요."

"너무 고생들 많네요."

"애초부터 장로님 댁 일이 이 동네에서 가장 힘이 든다는 소문이 자자해요."

그러면서 찬모는 주인의 눈치를 보아 가며 쉬엄쉬엄 일을 하라고 귀띔을 한다. 찬모 아주머니는 땀에 흠뻑 젖은 인부들에게 위로의 말을 건넨다. 찬모는 연세가 지긋하신 분이다. 그분은 비록 허드렛일을 하시지만 언제나 옷맵시가 단정할 뿐만 아니라 사근사근하고 침착한 성품을 지니고 있다. 비록 늙고 시들어 버린 꽃일망정 꽃은 꽃이라고 나이가 든 여자라도 깔끔한 용모를 유지해야 된다는 자신의 마음속 생각을 조용한 어조로 넌지시 말했었다.

푸르른 강 물결 위로 은은한 꽃향기처럼 하늬바람이 상쾌하게 실려 오니 찬모의 행주 치맛자락이 바람결에 살랑거린다.

여인의 치맛자락

살랑살랑
실바람 불어
싱그러운
수양버들 아래
초승달 빛
은은하게 젖어 든다

고운 치맛자락
청초한 여인의
살 내음 드리우고
흐르는 비단결
한 떨기
들국화 연정이려니

3. 단발머리 나비 소녀

 오늘도 어제와 같이 쾌청한 날씨. 지평선 너머 들녘을 뙤약볕이 뜨겁게 달군다. 산마루터기 청명한 하늘가엔 작은 흰 조각구름들이 여기저기 두둥실 떠 있는 보리밭 사잇길에 큰 바위 하나가 비스듬하게 누워 있다.
 풍진 세월 속에서도 그곳에 언제나 말없이 홀로 앉아 있는 바위. 약간은 못생긴 듯한 돌덩이 같은 바위지만, 온갖 세상 풍파 다 겪으면서 수만 년간 하나같이 밭두렁 사잇길에 말없이 잠잠하게 누워만 있는 바위를 깨서 없애야 된다는 것이다.
 이른 봄날 꽃샘추위가 가슴 깊이 스치고 지날 즈음, 주인은 나를 밭이랑 사이로 데리고 와서 견학을 시킨 바 있다. 그때 주인은 손에 들고 있던 괭이자루로 바위를 두세 번 내리쳤다.
 "이 돌덩이 좀 봐라?"
 "이렇게 큰 돌덩이는 처음 보는데요."
 "사람을 성가시게 하는 거추장스러운 돌덩이 하나를 치워라!"
 주인은 커다란 바위를 보다가 내 얼굴을 여러 번 빤히 쳐다본다.

"제가 이런 일을 해야 되나요?"

"그럼 너 말고 누가 하나? 큰 망치 들고 와서 없애라!"

"이렇게 좋은 바위를 어떻게요?"

"좋긴 뭐가 좋아 내일부터 당장 시작해!"

"내일부터요?"

큰 바위를 작은 돌덩이라고 봉대침소(棒大針小), 축소시켜 어려운 난제를 아주 작고 쉽게 해결할 수 있는 일인 것처럼 억지로 주장을 하는 주인의 말에 인해 나는 종잡을 수가 없다.

그러면서 여러 번 돌덩이를 없애야만 된다고 강조하던 말이 기억될 뿐이다.

그러한 주인의 뜻밖의 말에 기가 막혀 어리둥절할 뿐이다. 그 바위가 사람이 통행하는 데 방해가 될 뿐만 아니라 밭을 경작하는 데도 큰 불편을 초래하기 때문에 깨부숴 치워 버려야만 된다는 주장, 참으로 난감한 임무를 부여받았다.

남의 감정도 전혀 이해하지 못하면서 일방적으로 지시만 내리는 주인이다.

하지만 나는 이 바위에 털끝만큼도 손대고 싶지가 않다.

저렇게 윤기 나고 맨들맨들한 바위가 주인을 성가시게 가로막고 있다고 아주 나쁜 돌덩이로 치부(置簿)하고 당장 없애라는 것이다.

지나는 길에 걸림돌이 되어 조금은 불편할지라도 돌아서 가면 될 게 아닌가. 아니다. 수많은 세월 동안 걸림돌이 고요하게 터를 잡고 있음에도 불구하고 인간들은 잘 지내 오지 않았던가.

사람의 힘만으로는 다른 곳으로 옮길 수도 없는 큰 바위를…….

그 어려운 일을 중장비나 돌 깨는 기계도 없이 오로지 나와 큰머슴 두 사람이 수작업으로 해치우는 것이 시급한 문제 해결책이라고 주인은 강조한다.

그리하여 태어나서 처음으로 돌 깨는 작업을 시작하게 되었다. 큰머슴이 다른 농사일을 할 때면 나 홀로 석수장이가 되어 바위를 매일같이 큰 해머, 작은 망치 그리고 돌 깨는 정 등을 이용하여 그 어려운 작업을 진행하고 있다.

석공 일을 하다가 심한 목마름, 갈증을 느낄 때면 맑은 물이 졸졸 흘러내리는 개울가에서 양손으로 물을 받아 마신다.

실장갑도 없이 맨손으로 그 일을 하다 보면 끝이 날카롭고 뾰족한 돌조각의 파편들이 날아든다.

매일 반복적으로 석수쟁이 작업에 손과 발, 다리, 얼굴에까지 날아드는 돌조각에 성한 곳이 없었다. 깡마른 몸매와 투박하고 거친 굳은살로 변질된 손은 상처투성이, 찢기고 깨지고 다쳐도 병원에 가 보기나 했나, 병원은 고사하고 약국에 가서 약이라도 구해 왔으면 좋으련만…….

하얀 줄무늬 새털구름이 외로이 떠 가는 하늘가, 계곡 아래 푸르른 청보리밭 사이에서 석수장이 노릇을 하고 있는 나를 영란이가 손짓하며 조용히 부른다.

무슨 일이라도 있나. 아무런 생각 없이 일만 하는 나에게 예쁜 단발머리 소녀가 사뿐사뿐 걸어온다.

손수 만든 김밥과 찐 계란 몇 개를 꽃무늬가 새겨진 하얀 손수건에 곱게 싸서 가지고 왔다. 내일 여학교 소풍 가는 날이라서 손수 만들어 보았다고 앵두 같은 입술로 엷은 미소를 머금은 채 말을 건넨다.

저 건너 인부들이 여럿 있는데 함께 먹자고 부르려 하는 나에게 굳이 혼자서만 먹어야 된다는 몸짓을 하면서 한 손으로 입을 가리는 제스처(Gesture)를 취한다.

나는 소녀와 함께 물레방아가 자연스럽게 돌아가듯 '졸졸졸' 물소리가 정겹게 들려오는 계곡 아래 조그만 바위 위에 다정한 연인처럼 은밀하게 앉았다.

"아니? 이런 곳에 물레가 있네?"
"응, 바위에서 떨어지는 낙차를 이용해서 만들었지."
"어! 아주 잘 돌아가는데."

"그래, 조용하게 잘 돌고 있지!"

얼마 전 잠시 짬을 내서 시냇물이 흐르는 바위 아래 떨어지는 물의 낙차를 이용해 보려고 시험 삼아 조그마한 판자들을 주워 만들어 보았다. 조용하게 말없이 잘도 돌고 있는 물레방아를 석수쟁이 노릇하면서 보는 재미도 있을 뿐만 아니라 그것이 나와 같은 처지인 듯 말없이 돌고 있는 모습이 너무나 좋다.

영란은 가방에서 가져온 음식들을 꺼내어 조심스럽게 내려놓는다.

혹시, 맛있는 새참을 단둘이 먹다가 주인 딸과 머슴이 사랑에 빠져 있다고 상상의 나래를 펴는 자가 있다면, 실제와 다르게 착각 속 빠져 동네방네 소문이라도 낸다면 어찌하나요.

그러한 생각에 잠겨 있던 중 나에게 영란은 어여쁜 손으로 계란 껍데기를 벗기고 부드럽고 야들야들한 계란을 내 손에 쥐여 준다. 그러면서 손을 잡아 보더니 눈시울이 젖어 든다. 그 소녀가 잡고 있는 손은 상처가 심하였다. 영란은 주머니에서 손수건을 꺼내더니 상처 난 손을 감싸 준다.

사랑스러운 소녀의 손끝이 너무나 고와서 서러울 정도다. 소녀는 나에게서 연민의 정을 깊게 느끼고 있는 것 같다.

그때, 청보리밭에서 한 쌍의 고운 빛깔의 꿩이 은밀하게 사랑을 나누다가 무엇인가에 놀란 듯 '푸드덕' 하고 골짜기 아래로 날아간다.

 어느 한 아낙네가 바구니 하나를 머리에 얹고서 우리를 못 본 체하며 산길을 따라 걸어간다.

 보리밭 사잇길에서 생애 처음 먹어 보는 김밥과 계란은 말로 표현할 수 없을 만큼 꿈결 속에 느끼는 사랑인 듯 그 맛이 설탕처럼 달콤하고도 일품이었다.

 어디에선가 사뿐하게 날아온 고운 나비 하나가 소녀의 아름다운 무릎 위에 앉았다. 노란 나비는 소녀의 무릎이 너무 예뻐서 그냥 지나칠 수 없다는 듯 조심스럽게 앉아서 가냘픈 날개를 접고 마냥 행복한 시간을 보내고 있다. 소녀의 무릎 위에 앉아 살 내음 향기에 취해 깊은 잠에 빠져들었나 보다. 단발머리 어여쁜 소녀가 봄을 실어 나르는 나비인가 보다.

단발머리 나비 소녀

설익은 능금처럼
봉긋봉긋 부풀어
오르는 꽃망울같이
소녀가 곱게 간직한
두 개의 꽃봉오리

그 꽃의 향기에 취해
이내 뜨거운 가슴에
안겨 있는 듯하여라

내가 그대 나비를 위한
꽃잎 하나가 되려 하니
청포도 익어 가는 산야
사랑의 기쁨을 나누리

고운 단발머리 소녀
그 수줍은 무릎 위에
살그머니 나르는 듯
노란 나비 한 마리

곱고 청순한 눈망울
뜨거운 가슴 시리게도
정감 어린 나비 되리다

이른 봄날부터 시작된 가뭄으로 인하여 메마른 대지, 굽이치는 물결 같은 큰 계곡은 아니지만 청량(淸凉)한 물이 시원스레 '졸졸졸' 흐르는 개여울, 가냘프고 작은 물고기 쉬리, 다슬기 등 많은 생명체가 살아 숨 쉬는 서식지다.

하지만 엊그제 남쪽 하늘가에 먹구름이 드리워지더니 세차게 소낙비가 하루 종일 오락가락 내렸기에 한층 물줄기는 사납게 흐르고 있다.

명산대천(名山大川)이라. 유명하게 경치가 뛰어나고 이름 난 산과 계곡은 아닐지라도 자연이 살아 숨 쉬는 곳, 하늘이 베풀어 준 천혜(天惠)의 멋진 산기슭 아래, 엷은 운무와 고요함 속에서 맑은 물이 흐르는 명경지수(明鏡止水) 같은 심경(心境)이 아닐 수 없다.

산들바람이 시원하게 불어오는 물길을 따라 꽃바구니 하나 옆에 끼고서 영미가 나 홀로 바위를 깨고 있는 현장에 찾아왔다. 장로님과 안주인이 서울 처남댁에 결혼 행사가 있어 떠났기에 며칠 동안 집 안에는 찬모와 우리들밖에 없다.

"오랜만에 보리밭에 왔네?"

"응, 학교 일찍 끝내고 왔어. 내일부터 방학이야. 물고기 좀 구경할까?"

"조심해, 작은 바위들이 미끈미끈하니까."

"참 예쁜 송사리들이 많구나!"

"그건 송사리가 아니라 쉬리야."

"이건 뭐야?"

"다슬기."

나는 영미에게 매끄럽다고 주의를 주었는데도 그 순간 살짝 넘어질 듯하다가 그만 꽃바구니를 놓쳐, 흐르는 물결 따라 계곡 아래 언덕 밑으로 둥둥 떠서 내려간다.

"꽃바구니 찾아올게. 그 자리에 가만히 있어!"

"응, 알았어."

작고 둥근 바위들, 돌무더기 여기저기 무질서하게 나뒹구는 계곡 아래쪽으로 고요하게 떠나가는 꽃바구니를 찾으러 물길 따라 아래쪽으로 한참을 내려간다. 그사이에 영미가 계곡 물이 많이 차 있는 여울목으로 가려다 미끌미끌한 바위에 붙어 있는 파란 이끼에 발이 미끄러지면서 깊은 물속으로 풍덩 빠져 버린 듯 비명 소리가 들려온다.

어린 소녀의 비명 소리에 놀라 되돌아서 번개처럼 달려 계곡의 바위들을 뛰어 올라왔다. 여름이지만 깊은 계곡의 물속은 차갑게 느껴진다.

산꼭대기 계곡 절벽에서 떨어지는 물줄기로 인해 물속은 팽이처럼 빙빙 큰 소용돌이가 일고 있다.

한 줄기 폭포수처럼 이어지는 시냇물 아래쪽으로 하염없이 떠가는 꽃바구니를 포기하고 나는 아주 부리나케 영미에게 달려갔다.

"잠깐, 내가 꺼내 줄게! 영미야!"

"……."

전혀 대답이 없다.

"아니! 물속으로 몸이 쑥 빨려 들어가고 있네."

작은 호수 같은 깊은 여울목 소용돌이가 요란하게 일고 있는 물속으로 나는 첨벙 뛰어들어 영미를 구출한 후 가슴에 안고서 널찍한 바위에 반듯하게 뉘어 놓았다.

최대한 빨리 달려 물속에서 꺼냈으나 시간이 흘렀는지 흔들어 봐도 의식을 잃은 듯하다. 또다시 영미의 뺨을 여러 번 때려 보고 흔들어도 보았다. 소리쳐 보아도 소용없지 않은가.

심장이 덜컥 내려앉는 듯 가슴이 '쿵쾅쿵쾅'거린다. 그 순간부터는 손이 사시나무 떨듯, 도대체 무엇을 해야 될지 정신이 혼미한 상태로 그냥 쓰러지려는 몸을 겨우 간신히 일으켜 정신을 차렸다. 급한 김에 두 손을 모아서 심장을 여러 번 압박하다가 다시 소녀의 코를 막고 입에 인공호흡을 시작했다.

한 번, 두 번 그리고 세 번, 그제야 소녀는 목구멍으로 넘어

간 물을 한 차례 입 밖으로 뱉어 내더니 숨을 쉬기 시작했다. 겨우 의식을 되찾은 것이다.

　유리알처럼 맑게 흐르는 계곡물이라서 그 깊이를 가늠하기 어려웠던지라 그렇게 깊지 않은 물속인 줄 알고 지내 왔지만 직접 뛰어들어 보니 3m가 넘는 깊은 계곡이었다. 산 위에서 떨어지는 작은 물보라지만 심장을 차갑게 만든다.

　어린 소녀는 미끄러지는 과정에서 무릎과 한쪽 볼에 상처도 나 있다.

　"어때, 이제 살아난 거야? 괜찮은 거냐고?"

　"응……."

　겨우 한마디 한다.

　"이끼가 낀 곳은 아주 조심해야 해."

　내가 조심하라고 그리도 주의를 주었는데도, 하여튼 엄청나게 큰일 치를 뻔했다. 오늘 참으로 운이 좋은 날이라고 생각했다.

　"무릎에서 피가 조금씩 나는데, 어떻게 하나?"

　"응, 괜찮아."

　"살아나서 고맙다. 영미야."

　이제 나이 열다섯 된 설익은 능금 같은 소녀를 그만 영영 저 하늘 별나라로 보낼 뻔하지 않았는가.

난생처음으로 안 해 본 석수장이 노릇까지 하다가 귀한 집 어린 딸을, 여름 방학 첫날에 먼 골짜기까지 나를 보러 찾아온 꽃봉오리처럼 갓 피어난 예쁜 소녀를, 오늘 참으로 십년 감수한 날이 아니던가.

나는 어린 소녀를 두 손으로 가슴에 꼭 껴안고서 살아난 것에 대해 깊은 고마움을 표한다.

"수영 좀 배워야 되겠어."

"헤엄을 잘 치는 거야?"

"물개처럼 수영을 아주 능숙하게 잘하지. 내가 나중에 헤엄치는 법을 아주 쉽게 가르쳐 줄게."

"응, 그래 줘."

"수영은 필수적인 것이야."

이곳에서 버스로 한 시간 정도 더 가면 나의 이모님이 살고 계신 동네, 달과 태양의 원심력에 의해 밀물과 썰물의 바닷물이 서로 뜨거운 사랑이라도 나누는 듯 부둥켜안고 하루에 두 번씩 만나는 동진강 아래쪽 하류, 한없이 광활한 갯벌이 시야에 들어오는 마을 하나가 나온다.

이곳에 오기 전 어릴 적부터 막내 이모 집에 놀러 갈 때면 온몸이 갯벌 속에 파묻혀 여러 가지 종류의 게들도 많이 잡아 보았다.

"게들이 바글바글하네."

"갯벌이 근사하지."
"이곳은 참으로 멋진 곳이구나."
특히나 생김새가 서로 다른 수많은 게들이 모여 노래하는 근사한 갯벌이 너무도 낭만적이었다.
가난한 화전민들이 살아가는 두메 산골짜기에서 자라 온 나는 아득하게 먼 수평선 아래에서 외로운 뱃고동 소리가 들려오는 바닷가의 드넓은 갯벌을 서성일 때마다 동양의 이국적인 아름다움이 물씬 풍기는 끝없는 해안선의 감미로운 정취에 깊은 감명을 받았다.
"아스라이 저 멀리 돛단배 하나가 떠 있네."
"응, 우린 매일같이 뱃고동 소릴 들으며 살아."
"저 뱃사공이 내일이면 고기를 많아 잡아서 싣고 오지."
"내일 이른 아침 선창가에 와서 보면 눈이 행복해질 거야!"
"뱃고동 소리가 참 외롭게 들려오는데."
그뿐만 아니라 이모네에 마을에 사는 친구들과 하늘의 땅끝 같은 뻘밭에 긴 막대기를 이용하여 양쪽으로 골대를 만들고, 아주 활짝 트인 빙판처럼 매끌매끌한 갯벌에서 공차기를 하다가 뒤엉켜 수없이 엎어졌다 뒤집히곤 했다. 축구가 끝나면 슬픈 뱃고동 소리 들려오는 드넓은 동진강 하류 세차게 소용돌이치는 거센 물결 속에 첨벙 뛰어들어 수영을 하던 그 철없던 시절이 행복한 지난날들이다.

외로운 뱃고동 소리

저 멀리 서쪽 하늘가
오늘 하루 해가 기울면
오색의 고운 빛깔

드리워진 새털구름이
고요한 저녁을 꾸미고
밀물처럼 드리우는 밤

무딘 갯바위 벽에
부딪쳐 깨어지는
하얀 물결들이여

짙어만 가는 은빛 운무
외로운 뱃고동 소리 하나
드넓은 바다를 덮는다

높은 하늘가 작은 물결이 흐르는 듯 잔잔하게 깔린 비늘 모양의 조각구름이 떠 있는 산비탈 아래서 주인이 못생겼다고 주장하는 바위를 나는 아직도 깨고 있다.

 거대한 바위 아래 크고 작은 자연석 돌멩이들 널브러진 근사한 골짜기에서 일명 연애각시 또는 여울각시라고 불리는 쉬리가 조그마한 꼬리를 살살 한가롭게 흔들면서 노니는 유리알처럼 맑고 고요한 물줄기를 바라보며 오늘도 물 한 잔을 마신다.

 그저 깊은 산골짜기에서 무념무상(無念無想)의 경지에 이른 듯 마음속에 품은 일체의 상념 하나 없이 홀로 돌을 깨고 있다.

 며칠이 흐른 후 어느새 석양의 금빛 노을이 사라지고 동쪽 하늘엔 실낱같은 초승달 하나 떠 있다. 어슴푸레한 저녁 무렵까지 쟁기질을 하던 중 돌부리에 보습의 날이 부러졌다.
"영기야."
"왜 불러요, 일하는 사람을……."
"너 쇠뿔도 단김에 뽑으라고 했겠다. 당장 자전거 타고 읍내에 갔다 와! 간 김에 소코뚜레도 하나 더 사 오고!"
"좋아요! 시키는 대로 해야죠."

심부름 갖다 오는 길 지척불변(咫尺不辨) 칠흑같이 어두운 하늘엔 수많은 별들이 나의 길잡이가 되어 준다. 사랑방엔 환한 불빛이 창호지를 타고 흘러나오고 있다. 담배 연기 자욱한 사랑방에서 마실 온 사람들의 도란도란 떠들고 웃는 소리가 정겹다.

베트남 청룡부대에 파병되었다가 얼마 전 귀국하여 전역한 짜리몽땅한 용한이라는 사내가 마실을 왔다. 구레나룻에 덥수룩한 수염, 구릿빛 피부에 서글서글한 눈매가 사랑방을 가득 메운다.

"나 말이야!"

모두들 말없이 그저 바라만 본다.

"이래 봬도 포탄이 비 오듯 쏟아지는 정글에서 수없이 백병전을 벌였어. 이 방에 나 말고 베트콩을 잡아 본 사람 있어?"

"……"

모두들 꿀 먹은 벙어리처럼 신기하다는 듯 넋 놓고 그를 쳐다본다. 또한 정글에서 작전을 마치고 부대로 복귀하여 외박 때마다 여자들이 있는 곳만 수시로 들락날락 문란하게 성적 관계를 한 자들은 알 수 없는 질병에 감염되어 피부 발진 등 무서운 감염병에 노출되어 고통스럽게 죽어 간다. 특히 매독은 전염력이 매우 강한 성병으로 위험한 경고 차원에서 자신이 경험한 재미있는 이야기 중 하나라고 한다.

"내 이야기가 재미있죠?"

"재미있는 것이 아니라 무섭네요."

"그래서 여자관계가 복잡하게 살면 안 돼요."

"결국에는 장가도 못 가고……."

"성적 불구자가 돼요."

"그게 정말이에요?"

사랑방에 있던 우리 모두가 장가도 못 가는 성불구자가 된다는 말에 놀라지 않는 사람은 하나도 없다. 제일 무섭게 들리는 단어가 장가를 못 간다는 표현이다. 또한 월남에 파병된 미군 중에는 마약이나 대마초 등에 중독되어 정신 이상자가 된 약쟁이들이 많지만 우리 한국군은 극소수만 그러한 일탈에 빠진 경우가 있다고 언급한다.

마약에는 천연 마약(아편, 모르핀, 헤로인, 코카인)과 합성 마약(메사돈, 염산, 페티딘) 등이 있는데, 향정신성물질에는 메스암페타민 등이 있을 뿐만 아니라 마리화나, 대마수지 등도 마약류에 포함되고 있지만 신종 마약은 계속해서 독버섯처럼 증가하고 있다고 전문가처럼 말한다.

마약이란 중독성이 아주 강력하므로 본인뿐만 아니라 가족과 사회, 국가적으로도 심각한 해악을 가져오기 때문에 한 번의 시작이 곧 인생의 끝이고 두 번이란 영원히 없다고 강조한다.

우리 한국군과 미군이 밀리고 있는 상황에서 날마다 비는 억수같이 쏟아지고, 찌는 듯한 무더위 속에서 언제 죽을지 모른다는 공포감, 모기떼처럼 총공세로 덤벼드는 베트콩들, 시체가 산을 이루고 계곡은 피로 물들인 죽음의 깊은 늪, 혹독한 지옥 같은 수렁에서 살아 돌아온 몽당연필 같은 사람이다.

민주주의 세계의 자유와 정의를 위한 신념 하나로 전쟁터에서 싸우다가 귀국한 이후, 아내가 암 수술을 받았는데 수술이 너무 잘되어 빠르게 회복 중이라며 무척이나 행복한 미소를 보였다. 그러다가 어느 날 갑자기 다른 부위로 치명적인 암세포가 전이(轉移)되어 아내가 세상을 떠나자 실의에 빠져 있었다.

"부인 수술이 아주 잘되었다고 하지 않았어요?"

"그랬지요."

"참으로 너무 안되었네요."

언젠가 사랑방 손님으로 여러 번 찾아온 그는 건장한 체격의 모습은 사라지고 삐쩍 마른 몸매로 마음속에 품은 신세타령을 넋두리하고 있었다.

"건강이 안 좋아 보이세요."

"네, 안 좋아요."

"건강 좀 챙기세요. 산 사람이라도 살아야지요."

널찍한 골짜기, 하루 종일 햇볕이 잘 들어오는 그림처럼 아름다운 양지바른 언덕에 아내를 묻고 왔다고 푸념을 늘어놓았다.

그리고 한 달 후인가, 사랑하는 사람을 떠나보낸 슬픔을 견디지 못한 그는 아내의 무덤가에서 술을 한 잔 올리고 술병을 반듯하게 세워 놓은 채 극단적 선택으로 생을 마감하고 말았다.

그리고 시간이 얼마나 흘렀을까. 흰 구름 머무는 하늘 꼭대기 종달새가 구슬피 노래하고 있는 고요한 산길을 따라 누군가 우연히 발견한 새로운 무덤가에서 작은 호랑가시나무 잎새 사이에 묶어 매달아 놓은 꽃 편지 하나를 발견하였다.

베트남 전쟁터에서도 영원히 죽지 않는 불멸의 정신력으로 강하게 무장된 사람, 한창 젊은 나이, 영영 생을 마감한 것에 대하여 사랑방 사람들 우리 모두가 허망해하며 한동안 슬픔에 잠겨 있었다.

저 하늘의 별이 되어 한순간에 떠나가 버린 설움(悲哀)에 젖은 꽃 편지 하나를 남겨 놓고서 가 버린 사람이다.

꽃 편지 아내

빨그스레한
어여쁜 열매
호랑가시나무
외로운
아내의 무덤가
한 그루 심다

그 아래
부드러운
양탄자 금잔디
널찍하게 깔고
꽃 편지 하나
남기고 간다

호랑이
발톱 나무가
아내를 곱게도
지켜 주리라
신비스러움으로
가득 채운 봄날
속살처럼 훤하게
드러내는
맑은 여울물에서
고요하게도
묵상에 잠긴다

4. 흡혈귀와 승냥이

  푸르른 하늘가 엷은 회색 구름 아래 저 멀리 흰 돛단배 하나가 고요하게 흐르는 물줄기를 따라 노닐고 있는 한낮에, 부러진 쟁기의 보습을 술바닥에 끼워 맞추었다. 상일꾼은 쟁기질을 하다 말고 논두렁에 주저앉아 땀방울을 닦으면서 나를 부른다.
  "꼬맹이, 이리 좀 와 봐라."
  "아니, 꼬맹이라뇨?"
  "너 이 손잡이 붙잡고 쟁기질 한번 해 봐라. 그동안 내가 하는 거 많이 봤으니, 서당 개 삼 년이면 풍월을 읊는다고 했겠다."
  "아니, 저놈 좀 봐! 아주 잘하는데?"
  "그러네. 애송이가."
  들녘을 지나가던 농부들은 햇병아리가 소를 몰고 논갈이 쟁기질도 눈썰미가 있어 잘한다고 한마디씩 던진다.
  어미 소가 힘이 좋았다. 그것도 송아지를 낳은 지 두어 달 되었는데. 젖먹이 송아지는 논을 가는 어미 소를 언제나 따라다닌다. 잠시 쉬는 동안 나는 이마에 흐르는 땀을 닦아 낸다. 그리고 소의 목덜미를 쓰다듬으며 교감을 나눈다. 누렁이 암소는 피부를 어루만질 때마다 기분 좋은 듯 크고 맑은 눈동자를 껌벅거린다.

새벽부터 보슬비가 질금질금 내리고 있었다. 아침이 되니 빗줄기는 더욱 세차게 그칠 줄 모르고 내린다.

큰머슴은 허청에서 도롱이를 꺼내 어깨에 걸치고 밀짚모자를 둘러쓰고 논으로 나간다. 나도 접사리를 두르고 삽을 들고 따라나섰다. 본격적으로 모내기 철이 시작되었다. 그런데 아까부터 허벅지가 근질근질거린다. 진흙투성이인 바지를 걷어 올려 보았다.

찰거머리 여러 마리가 장딴지를 타고 허벅지로 올라와 살피죽에 구멍을 내고 질기게 달라붙어 피를 빨고 있는 것이다.

매일 하나같이 종아리를 타고 기어 올라온 흡혈귀(吸血鬼)들이 사타구니 한가운데 아주 은밀한 비밀이 숨겨진 방, 음경 부위 솜털이 보송보송 자라고 있는 수풀 속까지 침입하여 신나게 피를 빨고 뜯어 먹고 있다.

수없이 달려드는 미끌미끌한 거머리들을 떼어 내 저 멀리 방천 너머로 던지고 다시 모내기를 하면 언제 그랬냐는 듯이 종아리를 타고 또다시 여러 마리가 기어 올라와 살을 뚫고 피를 빨아 댄다. 매일같이 피투성이다. 거머리에게 뜯기고 피 흘린 하루의 여정도 잠시 쉴 수 있는 밤이 되었다.

큰머슴은 사랑방에 들어오자마자 한쪽 구석진 곳에 있는 단단한 목침을 가져다가 베고 드러눕는다.

머슴은 머슴이지만 왠지 엉터리 같은 사람이다. 그는 잠버릇이 좋지 못해 잠꼬대를 하다가 목침이 굴러가도 '쿨쿨' 잘도 잔다.

방 안에서 아무리 웃고 떠들어도 아랑곳하지 않고 '드르렁 드르렁' 코를 골아 댄다.

그러다 한층 더 깊은 잠에 빠져들 때마다 잠꼬대도 걸작으로 한다.

"그래그래, 좋아."

"잘하고 있어."

"아주아주 좋아."

아무튼, 취생몽사(醉生夢死)라고 술에 취한 듯 세상물정 모르고 편안하게 잠을 잘도 잔다.

꼭두새벽부터 큰머슴과 나는 논두렁과 밭두렁에 풀베기를 했다. 아침 식사를 하러 주인집으로 가려다 옥수수를 심어 놓은 밭두렁에서 큰머슴이 '꽥' 소리를 지른다. 풀 속에 똬리를 틀고 있던 살모사를 짓밟은 것이다.

"아이고, 이거 뭐야?"
"독사다!"
얼마나 놀랐는지 고함을 친다.
"뭐예요?"
순간 큰머슴은 내가 들고 있던 괭이를 빼앗더니 풀숲으로 달려가 옥수수가 우거진 밭을 마구잡이로 찍어 댄다. 발목에는 독 이빨로 물린 상처 자국이 두 개가 나 있었다. 독사에게 물려 상처가 난 발목에 나는 입을 맞추고 여러 번 독을 빨아냈다. 그리고 부랴부랴 병원으로 달려가서 해독 주사를 맞게 했다. 그는 자기 집에 가서 며칠 쉰다고 떠났다. 며칠 후 나는 주막 앞을 지나치다 큰머슴과 우연히 얼굴을 마주쳤다. 그는 능구렁이처럼 뱁새눈을 굴리며 몹시 당황해했다.
"나 여기 있다고 말하지 마."
그 어떤 놈이든 내 분위기를 깨는 놈은 그냥 안 두겠다고 엄포를 놓는다.
그는 이미 술에 취해 해롱거리고 있었다.
"예, 그런데 지금 발등에 불이 떨어졌어요."
"주인이 뭐라고 해?"
그가 할 일이 산더미처럼 밀려 있는 것도 모르는 사람처럼 말한다.

"주인어른이 큰 일꾼이 며칠째 안 보인다고 난리가 아니에요."

나의 말에 큰머슴은 독사에 물린 발목의 붕대를 풀고 아직도 부어 있는 상처를 보여 준다.

그렇게 매일같이 주막집에서 술이나 퍼마시면서 농땡이 노릇하며 게으름만 피우려면 차라리 두메산골에 묻혀 혼자 살라 하라는 주인의 말을 전하진 않았다.

"눈코 뜰 새 없이 바쁜 줄은 내 알지만……."

너구리처럼 능청스러운 언행이다.

"지금 한시가 급해요."

그때, 이 광경을 목격한 화살코를 가진 칠국이가, '작은머슴 혼자서 날마다 개고생을 하고 있는데 당신은 주막을 통째로 빌리기라도 했느냐, 세상 팔자 늘어지게…….'라고 생각하며 못마땅하다는 듯 눈살을 찌푸린 채 가 버린다.

큰머슴, 그는 무심한 듯 보이지만 실상 그의 내면에서는 나를 눈엣가시처럼 생각하고 있다. 그러나 한집에서 한솥밥 먹으며 살아가는 처지를 서로가 이해하면서 어려운 삶을 부대끼듯 견디어 가는 것이 서로를 위하는 길이 아니던가.

그는 어느 봄날 나를 은은한 모습으로 바라보면서, 하루 일과가 다 끝나기 전에 어느 선창가 목로주점에서 저물어 가는 석양의 노을을 가슴 깊게 감상하면서 소주잔을 들이켰 던 젊은 날의 한때를 회상, 오래전 떠나 버린 한 여인에 대 한 애절한 추억을 되새김하는 듯 말했다.

들녘에 핀 한 떨기 들국화처럼 깨끗하고 고운 청초한 여인 에 대한 애절한 기억들인가? 아니면, 어느 봄날의 비단결 같 은 여심에 대한 추억인가?

고운 치맛자락에 드리운 향기, 연모하는 마음의 연정미(戀 情美)일까? 부드러운 봄바람, 은은하게 비치는 달빛에 어리 는 아름다운 모습들에 풍류의 마음을 깊게 느낀다.

비단결같이 고운 치맛자락은 살랑살랑 흐르고 흐르니 연 모의 정이 넘치는 봄날이구려. 그리하여 더욱 여심을 자극 케 한다.

청순한 여인의 열두 폭 치맛자락이 푸른 산야를 덮고 있는 듯하다.

나의 생각엔 한때 강물처럼 흘러가 버린 옛사랑에 대한 기 억을 보다 로맨틱한 감정으로 아주 그럴듯하게 묘사하고 있 는 것 같다.

오늘 나는 산골짜기에서 소를 먹이기 위해 풀을 베고 있던 중 이름도 모를 꽃들의 향기에 취해 꽃길을 따라 작은 언덕 길을 넘어 깊은 산속까지 들어오게 되었다. 산딸기나 산머루를 따서 두 소녀에게 주려고 작은 오솔길을 따라 웃음을 가득 머금고 걸어 올라왔다.

"산딸기 여기 있네. 영자야, 이거 손에 받아. 새콤달콤한 맛이 날 거야."

"어머나! 맛있는데?"

"더 위쪽으로 가 보자."

"그러자, 아마 머루가 있을지도 몰라."

나는 두 소녀들과 함께 새콤달콤한 봄날의 향기에 취해 산마루터기 근처까지 산들바람을 타고 오른다.

한 무더기의 진달래 진홍빛의 꽃들이 아름답게 피어난 무덤가 위쪽 울창한 숲속을 지나 잡목들 덤불 사이로 몸을 잔뜩 움츠린 채 기어서 들어가 보았다. 작은 바위들 틈새 사이로 코와 주둥이에 시뻘건 피를 묻히고서 승냥이 같은 짐승이 무엇인가를 뜯어 먹고 있는 것이 아닌가.

"나무 뒤에 숨어 있어라."

"왜? 무슨 일이야!"

"저쪽에 요상한 짐승 하나가 있어."

"뭐! 이상한 짐승?"

영미와 영자가 내 말에 놀라서 잠시 나무 뒤로 조심스럽게 몸을 숨긴다.

흰색 빛깔의 바탕에 약간 누런 듯 보이는 것이 승냥이인가? 근사한 음식 앞에 초대받지 않은 웬 낯선 불청객이 들이닥친 것처럼 식사하는 것을 방해하고 있는 우리들에게 두 개의 송곳니를 드러내 날카로운 눈동자를 번득이며 울부짖듯 '으르렁'거린다.

나도 이빨을 드러내 보이며 눈깔을 까뒤집고서는 승냥이 움직임이 나의 시야에 들어오는 순간 반사적으로 손에 쥐고 있던 참나무 몽둥이로 모든 힘을 다해 세차게 짐승의 대가리를 내리찍었다.

나의 몽둥이가 늑대처럼 보이는 승냥이의 머리 한복판에 정통으로 꽂히자 깨갱 소리를 내며 어디론가 사라진다.

작은 바위 주변이 피로 얼룩져 있고 일부가 찢긴 동물의 사체 하나가 보인다.

"어머, 이게 뭐야?"

"글쎄다, 잘 모르겠는데."

"산양같이 보이는데."

"그렇지, 나도 그렇게 보여."

아직 다 자라지 않은 산양인지 염소인지 붉은 피가 동물의 털을 덮고 있어 식별하기 어려웠지만 아직도 덜 죽은 것인지 몸뚱이 일부가 파르르 떨리고 있었다. 나는 목 부위가 찢긴 산양을 주인어른의 건강을 위한 보약으로 드리기 위해 어깨에 덜렁덜렁 둘러메고서 두 소녀와 함께 집으로 돌아온다.

  산을 내려오면서 기울기가 가파른 지름길로 접어들었다. 우리가 올라왔던 길을 벗어나 사람의 발길이 아직 닿은 흔적 하나 없는 산야, 인적이 없는 산마루 아래 산딸기 한 무리가 붉은색 열매를 곱게도 맺고 있다. 애정과 질투의 상징인 산딸기의 꽃말이 말해 주듯 영원한 내 사랑 꽃순이의 새콤달콤한 로맨스를 간직한 여인의 참맛을 아시나요?

산딸기 소녀

산야 가장자리
아무렇게나 널브러진
산딸기 꽃이어라

소담스럽게
어여쁜 꽃으로 피어나는
꽃향기 취해 보렵니까

새하얀 미소처럼
쌓이고 쌓여만 가는
산딸기에 얽힌 소녀의
전설 하나가 있지요

이른 새벽녘 알알이
영롱하게 맺힌 이슬
한 서린 새파란 청춘
눈물이 이슬 되려니

어느 산야 가장자리
흐트러지듯 살아가는
산딸기 가시에 멍이든
아픈 사연을 아시나요

5. 헤픈 양갓집 규수

 인간의 발길이 닿지 않은 이름도 없는 높다란 산 능선을 따라 아름답게 보이는 숲일지라도 하염없이 내리는 빗줄기에 호젓한 산속은 어둡고 눅눅하기만 하다.
 오늘도 나는 말도 안 되는 짓거리를 또 하러 축축하게 후미진 산골짜기에서 갈피를 못 잡고 이리저리 헤매다가 어느 산야의 초입에 들어섰다. 그곳엔 한 무더기의 새하얀 꽃봉오리가 싱그러운 자태를 드러내고 있다.
 복잡하게 얽히고설킨 가시덤불과 잡풀 사이를 헤집고 아무리 수색을 해도 그 흔적들을 찾을 수가 없지 않은가. 그렇다고 해도 나에게 부여된 임무를 상실해서는 아니 될 것이고 반드시 그 임무만은 완수해야 되는 것이 굳은 사명감처럼 뇌리 속에 자리를 잡아 가고 있다.
 돈이 많은 부자라는 자부심이 아주 강한 주인어른께 최소한 욕은 먹지 말고 살자는 게 나의 굳은 신념이 되었다.
 그렇게 주어진 중요한 임무, 그 허상을 쫓는 관념을 갖다 보니 거미줄에 걸린 파리나 불나방 신세가 아니던가.
 그것도 그런 것이 그냥 뱀도 아니고 살기가 하늘을 찌르는 듯 충천한 독사를 살아 있는 채로 잡아 오라는 주인어른의 지시에 따라 운동화나 장화도 신지 않고 검정 고무신 질질 끌고서 독사의 소굴을 찾아다니는 것 자체가 살얼음판을 걷고 있는 듯하다. 독사 정도를 생포하려면 최소한 군화나 정글화가 필요하다. 언제나 나에게 있어서 검정 고무신이 큰 문제라면 문제라고 혼자말로 되새긴다.

산마루가 아득하게 보이는 작은 고갯길을 넘어 고요한 산능선을 따라 터벅터벅 걷고 있다.

날개에 흰 반점 두 개, 정수리에 빨간 무늬를 가진 오색 빛깔의 딱따구리 한 마리가 아카시아 나무 중심축에 앉아 아름다운 목소리로 노래하고 있다.

이마에서부터 목 부위까지 땀을 쫙 흘리면서 작은 산마루턱을 따라 오르다가 다시 내려가니 오랫동안 버려진 다랑이 논과 밭이랑이 보인다. 밭두렁과 논두렁 사이 멧돼지 가족이 나뒹굴며 화끈하게 한판 뒤집기라도 한 듯 진흙탕을 마구 헤적거려 놓았다.

멧돼지에 의해 질퍼덕하게 파헤쳐진 논과 밭두렁을 따라 거침없이 뛰어서 무덤가 위로 올라섰다.

그런데, 멧돼지보다 더욱 두려울 정도로 공포감이 밀려드는 현장에 온몸이 파르르 떨고 있다.

'갈수록 태산이구나? 이런 해괴한 곳만 찾아다니는 것 자체가 문제다.'

온통 파헤쳐진 무덤가 앞에 사람의 손목이 밖으로 튀어나와 있는 것이 아닌가. 잠시 흠칫 놀라서, 자세히 보니 어린 아이 손과 신체의 일부도 겉으로 노출되어 있다.

'이곳이 죽은 아이들을 가매장하여 묻는 애장터인가? 아이들 손목이라도 묻어 주어야 되는데 삽이 있나 괭이가 있나?'

최대한 빨리 이곳을 벗어나야 된다는 생각밖에 없었다. 부패되어 가는 시신들, 썩은 냄새로 인하여 손바닥으로 코와 입을 가리고 그곳을 신속하게 빠져나왔지만, 정글 같은 가시덤불과 이름도 모르는 온갖 잡초들이 우거진 으스스한 공동묘지가 계속해서 이어지고 있는 것이다.

야심한 밤도 아닌 낮인데도 너무도 깊은 침묵 속에 잠겨 으슥한지라 더욱 '섬뜩섬뜩' 파랗게 질겁할 수밖에 없었다. 아름다운 새소리가 들리다가 갑자기 멎기만 해도 그 자체로 겁이 나서 흠칫 소름이 끼친다.

자신이 원하지 않는 현상에 자주 직면하게 되는 곳이 산속, 그것도 혼령들만의 안식처로 살아가고 있는 공동묘지가 아니던가.

하여튼, 오락가락 비가 내리는 눅눅한 여름날 우거진 산골짜기에 낭만 삼아 콧노래나 부르는 김삿갓 방랑객처럼 산딸기라도 따러 놀러 온 줄 아는가? 어느덧 안개가 드리워지듯 땅거미가 짙어 오는 공동묘지, 아주 구석지고 으슥함 그 자체로 심리적으로 등골뼈가 있는 등마루가 식은땀으로 흠뻑 젖었다.

자연적 섭리에 따라 매일같이 다르게 수시로 돌변하는 것이 산속의 상황이다. 산마루라는 것이 자비로운 것만을 가져다주는 것은 아니다.

특히나 공동묘지는 그 형태가 언제 변할지도 모른다. 자고 나면 새로운 무덤이 생기거나 파묘하여 사라지기도 하지 않던가.

장마철 끄트머리 엊그제 밤에도 비가 많이 내렸다. 그러한 까닭에 더욱 날씨까지 후덥지근하여 온몸이 땀으로 끈적끈적하기만 하다.

한나절 동안 가시나무에 팔다리가 다 찢기고 개고생을 다 했으나 허탕 치고 돌아오는 길에 밭두렁에서 운수가 아주 나쁜 뱀 하나가 나에게 걸려들었다.

그 순간 몽둥이로 내리쳐 죽여 가지고 칡넝쿨로 동여 묶어 '덜렁덜렁' 나뭇가지에 매단 채 싸리문 안으로 늠름한 모습으로 들어섰다.

"아니! 이게 도대체 뭐냐?"

내가 싸리문 안으로 들어서는 순간 주인은 많이도 흥분한 것 같다.

"한나절이나 허비하여 살모사나 독사도 아닌 물뱀 하나 잡아서……. 녀석아! 산에 가서 독사는 잡을 생각 안 하고 한눈이나 팔고 다니지."

"아니요."

"아니긴 뭐가 아니야?"

"독사가 절 잡겠어요."

"청개구리 심보가 따로 없구나?"

그것도 죽여서 가지고 오는 주제에, 얼빠진 한심한 녀석이라고 꾸지람을 들어 가며 밥이 목구멍에 들어가느냐고 큰머슴까지도 주인어른과 한통속이 되어 실실 웃으며 고소하다는 듯 이죽거리고 있다.

이때, 주인은 나에게 다음 날 예정된 일을 미리 지시한다.

"넌, 내일부터 삼 일간 우리 형님 집에 가서 일 좀 하고 와라."

"삼 일간이나요?"

"일 마치면 집에 오지 말고 형님 집에서 먹고 자고 해."

"그곳이 어딘가요?"

그렇게 하여 이웃 동네까지 일을 하러 오게 되었다.

첫째 날, 그 어른 집에서 일하다 보니 웬 젊디젊은 규수가 방문이 살짝 열린 방 안에서 고개를 살포시 아래로 내리 깔고 침울한 얼굴로 책을 열심히 읽고 있는 것이 아닌가.

이때, 노인장이 무엇이라 전혀 묻지도 않은 사람에게 냉소적인 어조로 말을 이어 간다.

"하나밖에 없는 귀한 딸년이라네."

"……."

"언젠가 내가 밭에서 일하고 돌아와 보니 없어진 게야."

"네, 그래요."

"서울에서 어렵게 찾아 집으로 데리고 왔다네."

"그러세요."

"그 이후로는 꼼짝도 않고 방 안에서만 저러고 있다네."

노인의 말에 의하면, 이른 봄날 서울로 도망간 딸을 수소문하여 힘들게 찾아 집에 데려다 놓았더니 시무룩하여 방 안에서만 여러 달 동안 틀어박혀 있다는 것이다.

노인은 읍사무소 앞에 사는 넷째 동생 집에 쌀 한 가마니를 실어다 주러 가면서 우리 딸아이 바람도 좀 쐬게 해 줄 겸 함께 다녀오라 이른다.

"젊은이 이거 좀 받게!"

"아니 어찌 돈을 주시나요?"

"읍내 나간 김에 내 딸 영인이하고 맛있는 거나 사 먹고 오게나."

나와 규수가 노인의 집 창고에서 쌀가마니를 손수레에 싣고 동네 골목길을 걸어가고 있을 때였다.

어느 산사에서 하산한 듯 행색이 남루한 삿갓을 깊게 눌러 쓴 스님 같은 분이 누구 집 대문 앞에서 작은 소리로 목탁을 치면서 불자인 듯 불경을 외우고 있었다.

옷차림새는 김 삿갓 방랑 시인 같은 허름하고 볼품없는 초라한 행색이다. 내가 어릴 적 만화책에서 보았던 그 주인공, 삿갓을 쓴 시인 같은 사람 그대로인 것 같다.

나는 읍사무소 앞에 산다는 고교 수학 선생님 안방에 쌀 한 가마를 들여다 놓고 나서 한번 가출했다던 처녀와 함께 중화요릿집 앞에 수레를 세워 놓고 들어갔다.

"우리 뭘 주문할까요?"

"좋아하는 거 있으면 모두 다 주문하세요."

"저는 자장면 곱빼기로 할게요."

"그럼, 똑같이 해요."

오랜만에 먹어 보는 자장면이 아니던가.

한 시진쯤 걸리는 신작로 길 따라 구슬땀을 흘리며 쌀가마니를 실은 수레를 끌고 오던 나에게 단 한마디 말도 없이 따라만 오던 처녀가 질문을 한다. 1차 가출을 했다던 그 아가씨의 첫 질문에 놀라지 않을 수 없다.

"우리 삼촌 집에서 새경을 얼마나 받고 있나요?"

"갑자기 그게 무슨 말이세요?"

"우리 소주 한잔하면서 좀 더 얘기해요."

"소주요? 전 술 못 마셔요."

우리는 자장면을 한 그릇씩 맛있게 먹고 빈 수레를 끌고 터벅터벅 비포장길을 걸어서 돌아가고 있다. 그녀는 가던 길을 가다 말고 불고기 잘하는 집에 가서 술도 한잔하자고 조른다.

그러면서도 한없이 우울한 감정만을 간직하고 있던 처녀는 단단히 무슨 작심이라도 한 듯 나를 똑바로 바라보더니 강한 억양으로 터무니없는 주장을 한다.

"우리 서울로 함께 도망갈까요?"

"아니 왜? 도망갈 생각만 하세요?"

"나는 이런 촌구석에서 더는 못 살아요."

"할 말이 없네요."

"삼촌이 약속한 새경보다 내가 더 많이 줄게요."

"그게 무슨 말이오?"

"우리 같이 도망가서 살아요."

"오늘 처음 만난 저에게 어찌 그런 말을 해요?"

"왜, 못 하나요?"

"할아버지 산소에 있는 동백꽃이 필 때쯤, 그때쯤은 전 서울에 있을 겁니다."

일제강점기 때 할아버지께서 만주로 떠나기 전 한 줌의 동백 씨앗을 뿌렸고, 그중 두 그루가 싹이 돋아 산소에 동백나무가 잘 자라고 있다. 오늘날까지도 만주 길림성 사평현 고목나무 앞 햇볕이 잘 들어오는 양지바른 땅속에 잠들어 계신 할아버지, 아버님은 풍수지리학에 통달했다는 지관을 모셔다가 고향 뒷산에 가묘를 만들고 영적인 혼령을 불러들이는 설법에 능통하다는 법사라는 사람을 시켜 할아버지의 혼백(魂魄)을 우리 땅으로 천도시키는 의식을 행한 후, 그 땅에 동백나무를 옮겨 심었기에 무럭무럭 너무도 잘 자라고 있다. 뒷동산에 동백꽃이 애처롭게 피어나는 계절이 오면 희망을 가슴에 품고 올라가야만 할 서울이다.

"그러면 더욱 잘됐네요."

"지금 우리 여관에 가요?"

"뜬금없이, 왜?"

"내가 언약할 게 있어요."

"뭐라고요?"

"저와 반드시 맹세할 게 있기 때문에 여관에 가자는 거예요."
"대낮에 수치심도 없나요?"

점심 식사로 자장면을 먹고 난 후, 양갓집 규수가 계산대에서 음식 값을 지불하다 말고 곧장 여관에 가자고 여러 사람들 눈이 주시하고 있는 곳에서 뻔뻔하고 의젓하게 말한다.

"왜 이상하게 우릴 보세요? 우리는 신혼여행 중이에요."
"아니?"
"저 화끈한 여자죠?"
"인생은 한 번뿐이라는 것도 몰라요?"

아직도 해는 중천에 떠 있건만, 다짜고짜 여관에 가자고 하는 처녀의 말이 한심하고 더욱 뚱딴지같다. 그것도 뻘건 대낮에 사랑을 나누고자 잠자리 타령이나 하는 처녀, 내가 자신의 애인이라도 되는 듯이 억지 생떼를 쓰며 졸라 댄다.

여자는 자고로 가볍게 행동하지 말고 도도하게 처신을 해야만이 아름답게 보이는 것이다.

이처럼, 어여쁜 처녀가 어찌하여 몸가짐이 헤픈 여자처럼 행동을 하는지에 대해서 나는 도저히 이해할 수가 없다.

5일장 날, 읍내 한복판 북적이고 있는 사람들 사이에서 대낮에 여관에 들어가자고 크게 소리를 지르지 않나 내 손목을 붙잡고 여관 현관문 앞으로 강제로 끌고 가서, 도대체가 아주 천박하고 헐렁헐렁하게도 헤픈 여자라고 동네방네 광고를 내고 다닌다.

'열없는 색시 달밤에 삿갓 쓰고 다닌다'라는 우리 속담처럼 처녀가 정신이 한동안 흐려져 망령된 말만 하고 있다.

"이상야릇한 생각은 그만두세요."

"뭐라고요?"

"제가 친구가 되어 줄게요."

"좋아요."

"사랑방으로 언제든 찾아오세요."

"저같이 멋진 여자가 없으면 어찌 살려고 그래요?"

"밤에만 시간이 나니까 꼭 찾아오세요."

"호호, 그래요 밤에만요?"

그녀의 마음을 조금이라도 달래 주려고 나는 언짢은 기색을 숨기고 미소를 머금는다.

"꼭 갈게요."

"고마워요. 도망갈 생각 말고 마음을 잡고 살아야 됩니다."

그 처녀가 당장 서울로 함께 도망가자고 해도 나는 갈 수가 없는 운명이다. 가시나무가 널브러진 산길에서 마구 뭉개지고 짓밟힌 잡초 같은 내 인생이지만 그리 쉽게 모든 것을 포기할 수는 없지 않은가.

"아니? 참하고 멋지게 생긴 아가씨가 왜 마음을 못 잡고 그러나요?"

"저는 산골짜기 집에서는 정말 살기 싫어요."

그 말을 끝내던 순간 끌고 가고 있는 손수레 앞을 가로막더니 쓰러져 누워 버리는 아가씨, 참으로 마음이 황망하여 난감한 처지가 되었다. 좁다란 골목길 길을 막고 누워 버린 처녀, 오고 가는 사람도 많은 길목을 몸으로 아주 막아 버렸다.

이때, 읍내 약국 앞을 지나가던 여러 사람들이 가던 길을 멈추고 다가와서 나에게 묻는다.

"아니? 길바닥에서 무슨 일인가?"

"몸 상태가 안 좋아서 그래요."

"약국이 코앞에 있는데 빨리 약을 사 와야지."

여러 사람들이 나와 함께 아가씨를 일으켜 세웠다.

"또 쓰러질지 모르니까 붙잡고 좀 계세요."

"알았다니까?"

"뜨거운 뙤약볕 길바닥에서. 이게 도대체 무슨 일인가?"

바로 코앞에 있는 약국에서 신경 안정제 몇 알을 구입해서 먹여 주었다. 하지만 내 생각으로는 정신적으로 문제가 심각한 아가씨다. 이 처녀가 간절한 마음으로 여러 번 간청했음에도 불구하고 나에게 거절당한 것에 대하여 잠시 감정이

흥분되어 고의적으로 쓰러진 일시적인 행동일 뿐이라 생각한다.

"지금은 정말로 제정신인가요?"

"저는 아주 멀쩡해요."

"아가씨! 부잣집 외동딸이 이러면 됩니까?"

"인생은 공수래공수거(空手來空手去)라는 것도 몰라요?"

'그러하다.'

헤픈 여자인 것처럼 행동하는 이 처녀의 언행은 해탈의 경지에 오른 사람만이 할 수 있는 말씀이다.

모든 인간은 누구나 다 빈손으로 왔다가 빈손으로 떠나간다는 의미로, 어머니 모태에서 실오라기 하나 걸치지 아니하고서 태어났다가 아무것도 없이 허무하게 죽는다는 말이 아니던가.

"한 집안의 가장인 분이 모든 것을 포기한 사람처럼 그러세요?"

"네, 잘 알고 있어요."

"일단 진정하고 마음 좀 잡으세요."

나는 침착한 어조로 조심스럽게 말을 건넸다. 그녀는 조금 전보다 흥분이 가라앉은 것인지 다소곳하게 나를 따라온다.

그런데, 처녀의 젖가슴을 감싸고 있던 옷고름이 언제 풀어

헤쳐진 것인지 두 개의 능금 같은 하얀 속살이 훤하게 드러나 있지 않은가.

"예쁜 꽃봉오리를 누가 훔쳐라도 보면 어쩌려고 그래요?"

"잘 익은 예쁜 산딸기 열매 지금 혼자만 보고 있네요?"

나는 조심스럽게 다가서 젖가슴이 보이지 않도록 사르르 떨리는 손끝으로 옷고름을 얌전하게 매어 주었다.

오늘 처음으로 처녀는 엷은 미소를 나에게 띤다. 헤픈 처녀가 왜 그리도 웃음은 헤프지 않은지. 알제리 사하라 사막 한가운데에서 마주친 이해하기 어려운 신기루 같은 존재의 여인이다.

"서울로 저와 함께 가는 거죠?"

"중요한 문제를 오늘 당장 결정할 수가 있나요?"

"그럼 내일까지 결정해요."

"아무런 구체적인 계획도 없이 무작정 그리 되나요?"

"그럼 나 어떻게 해요?"

"참으로 저라는 사람은 재미없는 인간이죠?"

"재미없는 사람이라도 좋아요. 내가 행복하게 해 줄게요."

"참으로 어렵군요?"

"모든 각본은 제 머릿속에 들어 있어요."

"그럼 저는 각본대로 연출만 하면 되나요?"

부잣집 규수의 이러한 행동에 대해서 내가 어떠한 감정을 갖고 있는지 목석간장(木石肝腸)이라고나 할까, 길가서 우뚝 서 있는 죽어 말라비틀어진 고목이나 돌처럼 아무런 느낌도 없이 오로지 한심하다는 생각만 들 뿐이다.

"혹시 여필종부(女必從夫)란 말 들어 봤나요?"

"당연히 알죠. 제가 책을 수없이 읽고 또 읽어 본 사람인데?"

"오로지 한 남자만이 전부라는 것도 그 뜻이에요?"

"네, 500년 긴 역사 조선시대의 여인들, 오직 한 지아비만을 섬기면서 한 많은 인생사를 마무리한다는, 전설같이 전해 오는 얘기죠."

한평생 인간이 살아가면서 가족 간의 사랑이든 이성 간의 사랑이든 사랑이란 단어 하나로 상처를 받아 보지 않은 사람이 누가 있겠는가?

아무튼, 아름답고 많은 지식을 겸비한 처녀의 지혜롭지 못한 어이없는 처신으로 인해 나는 번민과 갈등을 심하게 겪고 있다.

따라서 한여름 날인데도 불구하고 만년설 빙하 속 얼음장처럼 차갑게 식어만 있는 내 가슴을 어찌할 수 있겠는가.

남녀 간의 뜨거운 사랑이란 것은 가슴속 깊은 곳에서 자연스럽게 우러나 생기는 것이지 강제적 수단을 이용하여 억지로 사랑을 강요한다고 하여 뜨거운 연정(戀情)이 생기는 것은 결코 아니다.

이 처녀에게 부드러운 말로 달래고 설득하여 겨우 집까지 귀가시키는 데 어렵사리 성공했다.

노인 집에서 일을 한 지 삼 일째 되는 날 이른 오전 시간이었다.

삿갓을 깊숙하게 눌러쓴 허름한 차림새의 방랑객 하나가 대문 앞에 와서 목탁을 두드리고 있을 때였다.

노인 집 규수가 쌀 한 되박을 시주하고 돌아서고 있었다.

"허허, 참 괴이한지고!"

"누구신데 그런 말씀을 하세요?"

"예쁜 처자가 역마살이 끼었어."

"그럼 어찌하나요?"

"서방 잡아먹을 액운을 가진 관상이로구나. 그것도 첫날밤에……."

나는 그 광경을 약간 떨어진 근거리에서 작업을 하고 있는 과정에서 무심결에 바라보았을 뿐 아무런 느낌도 없이 일에만 열중하였다.

아무튼, 삼 일간의 일정을 마무리하고 집을 나설 때 용돈이나 하라면서 얼마간의 돈을 노인 어른이 내 손에 쥐여 주었다.

"말없이 일을 잘하는 젊은이야!"

"어르신께서 잘 봐주신 덕택입니다."

"다음에 또 와서 도와주어야 해?"

"네, 그럼요. 어르신 안녕히 계세요."

노인장 어른께 인사를 마치고 달도 없는 밤 어둑어둑해진 마을의 골목길을 '터벅터벅' 걸어가고 있다.

은하수 별빛도 잠이 든 흐릿하고 침침한 골목길 모퉁이 사이에 웬 젊은 여자 하나가 하얀 미소를 머금고 서 있다.

"아니? 이게 누구신가?"

"저 영인이에요."

"멋진 아가씨가 어찌하여 어두운 밤길에 서성이고 계시나요?"

"호호 하하."

나는 헤픈 처녀에게 웃는 모습이 너무나 어여쁘다고 아낌없는 칭찬을 많이도 늘어놓았다.

"조금 전 방 안에서 불빛이 비치는 것을 보았는데요?"

"그럼 절 부르지 그랬어요?"

"독서 삼매경에 빠진 줄 알았는데."

나는 처녀에게 오로지 무념무상 독서에만 열중하는 모습에 크게 감동했었다고 은근한 미소를 지어 가며 또다시 용기와 의욕이 솟아나도록 격려해 주었다.

"말도 없이 그냥 떠나가면 어찌하나요?"

"제가 무정한 사람이라오."

"절 따라오세요."

"아니, 어디로요?"

처녀는 내 손목을 다정하게 붙잡고 주방으로 들어간다. 부엌의 아궁이에는 언제 피우고 있었던 것인지 장작불이 활활 타오르고, 크나큰 가마솥에는 뜨거운 물이 펄펄 끓고 있었다.

빨간 립스틱을 붉은 장미꽃보다도 진하게 바른 처녀는 내 몸에 걸치고 있던 남루한 옷가지들을 자기 마음대로 벗긴다.

"물통 안으로 들어가세요."

"너무 뜨거운 것 같은데요?"

"물속에 푹 담그세요."

"은밀한 그곳은 손대면 안 돼요?"

나는 처녀가 시키는 대로 김이 모락모락 뜨겁게 피어오르고 있는 물통 안으로 들어갔다. 그랬더니 내 몸을 자신의 몸이나 되는 듯 구석구석 깨끗하게 씻긴다.

"자! 이제 내 방으로 들어갈래요?"

"정말 민망하기 그지없네요."

"방 안 한쪽에 포개 놓은 옷 입고 계세요."

"아니, 이거 전부 여자 옷뿐인데요?"

"내 궁둥이가 크니까 속옷도 잘 맞을 거예요."

어머님 배 속 모태로부터 세상에 모습을 드러냈을 당시 실오라기 하나 걸치지 아니한 알몸 상태. 핏덩어리 아기를 깨끗하게 씻겨 준 첫 여인은 외할머니가 유일하고, 반강제적으로 옷들을 죄다 발가벗기고서 나체 상태로 만든 후 청결하게 목욕을 시켜 준 여자로는 헤픈 양갓집 규수가 생애 처음이다.

"빨래 좀 하고 들어갈게요."

"웬 오래된 고서 책들이 이리도 많아요?"

시골 작은 서점에서는 단 한 번도 보지 못한 책들이 책장에 가지런하게 진열되어 있었다.

처녀가 내 몸에서 벗겨 낸 옷가지들, 구멍이 뻥뻥 뚫린 벙거지 같은 더러운 옷들은 손빨래하고 있는 동안 나는 책표지들을 찬찬히 읽어 나갔다. 빨래를 마친 처녀가 방 안으로 들어와서 책을 보고 있는 나를 보더니 방긋방긋 웃는다.

"웃는 모습이 너무 예쁘네요."

"그럼 자주 웃어 드릴게요."

"한의학 책들이 왜 이리도 많아요?"

"시간이나 보내려고 취미 삼아 보고 있을 뿐이에요."

"저도 한문은 거의 다 읽을 줄 아는데요."

"그럼 잘되었네요. 이 책 모조리 다 읽을 때까지 여기서 살면 되겠네요?"

"아참! 그건 아니지만."

"우리 같이 살면서 공부나 한다면 제가 딴 맘 절대 안 먹을 게요."

"애틋한 로맨스 같네요."

예쁜 규수에게 로맨스 같다는 말을 건네자마자 그녀가 내 가슴에 슬며시 안겨 왔다.

"모든 것은 마음먹기에 달렸다는 것도 모르세요?"

그 말은 누가 할 소리인가? 양갓집 규수가 한마디 내뱉는 말이 내 귀를 너무도 의심케 자극한다.

"이 귀한 중국 고서(古書) 책을 좀 더 보면서 마음 좀 정리하지요."

"그래요. 차분하게 한 시간만 더 여유를 드릴게요."

"어려운 책을 이토록 좋아하는 분은 처음이에요."

"제가 소리 내어 읽어 드릴까요?"

매일같이 새벽녘에 일어나 어두컴컴해질 때까지 들녘에서 일하는 나, 땀방울에 찌들어 살아가는 인간에게 방 안에만 틀어박혀 책만 보라고 하는 처녀다. 그 한마디 말에 얼마나 큰 행복감에 젖어들었는지 나도 모르게 눈물을 뚝뚝 떨어뜨릴 뻔했다.

아무튼, 나로서는 도저히 이해할 수 없지만 신비스럽고 아름다운 규수인 것만은 분명하다. 이러한 사실을 영란이가 안다면 실망감이 아닌 배신감에 정신을 잃을지도 모를 일이다. 저녁 밥상 때마다 내 곁에 붙어 앉아 함께 밥을 먹던 시간들이 그 얼마이던가. 언젠가 영란은 나에게 이런 말도 하지 않았던가. 누군가 자신을 실망시키는 사람이 있다면 수녀원에 들어가 영영 사라져 버릴 거라고 강조하지 않았던가.

애끓는 마음

여리고 여린 분홍빛
아리따운 꽃잎 하나
잔잔하게 흐르는 시냇물 위에
두둥실 띄우면
꽃잎은 꽃 무리가 되어
애달픈 꽃가지의
자태 드리워지니

어찌하여 이 또한
나약한 나의 마음이
꽃과 한 몸이 되지
아니할거나

슬프도록 다가서는
그대 향한 시선
아리도록 애끓는 마음
꽃으로 단장하면
정녕 아니 족하나요

며칠이 지난 후, 날이 밝아 올 무렵 사랑방에서 주인집으로 아침 식사를 하려고 나가려는 차에 사랑방 부엌에 부지깽이로 난잡하게 쓰여 있는 낙서장이 있는 문 앞으로 그때 그 집의 노인이 다가오고 있지 않은가.

나에게 긴히 할 말이 있다고 다시 사랑방 안으로 들어가자고 하신다.

"아니, 어르신께서?"

"일단 들어가세나."

"누추한 곳까지 어찌하여 오시었나요?"

아무런 말 한마디 없이 방 안으로 들어가자고 내 손을 붙잡는다. 노인은 방 안에 앉자마자 거두절미(去頭截尾) 긴 사설은 빼놓고 요점만 말씀하신다.

"자네, 데릴사위제라고 알고 있는가?"

"네, 잘 알고 있지요."

"그렇다면, 오늘부터 우리 딸하고 집에 가서 함께 살지 않겠나?"

"네? 제가 정신을, 무슨 말씀을 하시는가요?"

"깊이 생각 좀 해 보면 어떻겠는가?"

"저는 단 한 번도 그런 생각을 해 본 적이 없습니다."

내가 노인 집에서 삼 일간의 일을 마치고 다음 날 새벽에 떠난 이후에 외동딸 영인이가 나와 결혼하게 해 주면 시골에서 마음을 잡고 살겠지만 그리해 주지 않으면 산골짜기에서는 더 이상 견딜 수가 없다고 노인을 집요하게 괴롭힌 듯하다.

그렇다고 해도 나는 아직 할 일이 태산같이 많지 않은가. 꽃밭에 싱그러운 개나리꽃이 필 때쯤, 이 세상을 아직 제대로 시작도 해 보지 않은 상태에서 그 어려운 문제를 어찌 감당할 것인가?

"어르신 일단 오늘은 제가 결정을 내릴 수 없습니다."

"그래, 오늘은 당장 그렇지?"

"죄송하지만, 따님을 다독여서 마음 좀 잡게 하시고……."

그렇다. 데릴사위제라는 것은 우리나라 오랜 전통 혼례 제도의 하나로서 고구려 시대부터 전해 내려온 풍습이다.

본가에서 딸은 시집보내지 않고 어린 남자를 사위로 받아들여 처가에서 가문을 이어받아 살아가게 하는 우리 고유의 독특한 혼인 제도인 것이다.

그것은 도저히 나로서는 받아들일 수 없다. 그 이유는 여러 가지가 있지만 아무튼 그리는 안 된다.

"아니? 우리 딸이 싫은가?"

"제가 싫어서가 아닙니다."

노인은 자신의 제안에 당장 좋다고 승낙할 줄 알았는데 무척 실망한 눈치다. 사실 노인은 호리호리하고 키가 컸다. 따라서 딸도 노인을 닮아 미인이다. 나의 생각이라는 것이 변사또에게 억지로 수청 들기 싫다고 하는 춘향이의 마음과 같은 입장이 아니던가.

마음이 너무도 나약하고 여린 처녀, 넉넉한 인심에 착해만 보이는 양갓집 규수인 것만은 틀림없는 사실이지만 그 무엇인가 나사 하나가 빠진 듯한 느낌이 든다.

"차후에 논의해 보시죠?"

"외동딸 하나 키우면서 얼마나 많은 세월을 눈물로 지새운지 아는가?"

"어르신의 눈물겨운 날들을 제가 어찌 다……."

"아무튼, 그런가?"

나의 그러한 언행에 마음씨 좋은 노인의 눈가에는 눈물까지 고여 있는 것이 아닌가?

우리가 사랑방 문을 열고 나서려는 순간 방문 앞에 서 있는 사랑방 사람 하나가 문밖에서 모든 내용을 조용하게 몰래 엿듣고 있었다.

그러거나 말거나 나는 사랑방을 나와서 노인을 노송들이 우거진 오솔길까지 배웅했다. 부잣집 주인의 맏형님 되시는 분의 뒷모습은 홀아비의 초라한 모습일 뿐이었다.

사랑방을 나와 쓸쓸하게 떠나가는 노인을 오솔길로 배웅하면서 우미인이란 근사한 여인에 대한 생각에 잠겼다.

'우미인이란 사람이 누구이던가? 따스한 사랑이 넘칠 정도로 듬뿍 담긴 그 여인의 손끝이 나의 마음을 사로잡는다.'

초한지에 등장하는 초나라 왕의 황후 '우미인'은 시녀들이 땀방울에 젖은 남편의 옷가지들을 빨래하려는 것을 빼앗아, 정성을 다해 언제나 맑은 물이 흐르는 먼 강가에까지 가서 깨끗하게 세탁하여 햇볕에 보송보송하게 말린 후, 손수 입혀 주었다. 그 아름다운 장면, 그 정성 어린 마음에 감동을 받았던 기억들이다.

이 노인의 고운 딸 역시 삼 일간의 일을 마치던 날 달빛도 없는 어두운 골목길에서 나를 오매불망(寤寐不忘) 기다렸다가 떠나는 내 손목 잡고서 다시 집 안으로 들어가 땀 냄새나는 옷을 벗기고 손수 빨아서 뜨거운 가마솥 아궁이 앞에 뽀송뽀송하게 바짝 건조시켜 새벽녘 누드 상태인 내 몸에 정성을 들여 하나하나 입혀 주었다.

참으로 마음이 가련하지 않으면 누가 이토록 애절하게도 가슴을 아프게 하겠는가.

결혼이란 것, 아니 데릴사위 문제를 결정할 핵심적인 당사

자는 바로 나인 것으로 귀결되었지만, 과연 미래에 할 일이 많은 자가 결혼 문제로 엮여서 새로운 희망의 세계로 나가는 것에 대하여 허무하게 끝을 맺을 수는 없지 않은가.

처녀는 체형도 아주 멋지고 이목구비가 뛰어날 뿐만 아니라 아름답고 수려할 정도로 손색 하나 없이 고운 여자다.

그러나 이 양갓집 규수라는 처녀, 비록 얼굴 생김새는 착하게 보일지라도 매일같이 가출이나 생각하는 정신적으로 문제가 심각한 여자가 아니던가.

여자가 정숙하지는 못할지언정 그렇게 헤픈 여자처럼 행동하는 사람과 어찌하여 한평생을 동반자로서, 인생이란 삶을 같이 영위할 수 있다는 것인가 하는 결론에 이르게 되었다.

하지만, 노인의 마음씨가 사리에 어긋남이 없는 분인 줄 내 모르는 바는 아니기 때문에 참으로 난감한 문제에 직면하게 되어 진정 유감이 아닐 수가 없다.

사랑방 사람들 모두가 그러하다는 것은 결코 아니고 다만, 어떤 특정한 인간의 내면적 속성이라는 것이 아무도 없는 은밀한 곳에서는 요사스러운 행위를 하고도 다른 사람들 앞에만 서면 정숙한 체하는 것이 인간의 심리학적 본성, 즉 일부 사람이 가지고 있는 특유의 색깔일지도 모른다.

규수라는 처녀가 헤픈 여자인 것처럼 행동하고 있는 것 자체가 어찌 보면 나 혼자만을 사랑한다는 순수이성, 생리학적 상호 관계에 있어서 너무나 인간적이고도 진솔한 의사 표시일 거라고 생각하면서도 달리 생각을 해 보면 꼭 그러하지만은 않은 것도 같다. 아무튼, 이 처녀의 문제로 인하여 사실상 내 정신 상태까지도 사고 능력이 저하된 혼미한 상태로 접어든 것 같다.

6. 죽음의 공동묘지

 높다란 하늘가 구름 한 점 없는 한낮의 태양, 뜨겁게 타오르고 있다. 사랑방 한쪽 구석진 곳 벽에는 구멍 뚫린 벙거지 몇 개가 걸려 있고 그 아래에는 밀짚모자들이 이리저리 바람에 나뒹굴고 있다.
 조금은 찢어진 밀짚모자를 주워 푹 눌러쓴 채, 문패도 없는 주막의 싸리문을 지나 '느릿느릿' 걷고 있었다.
 실버들 늘어진 시냇가, 녹황색 검은빛 줄무늬와 얼룩얼룩한 점이 있고 고운 뒷날개 가는 돌기의 멋진 의상을 차려입은 호랑나비 한 마리가 꽃을 찾아 한가롭게 노닐고 있구나. 인기척에 잠에서 깨어 보니 멋지고 아름다운 꿈이 아니던가.
 어느 덧 살랑살랑 저 멀리 실버들 나뭇가지 사이로 불어오는 시원한 바람, 청포도 익어 가는 결실의 계절 이른 아침에 가마솥에 여물을 끓여 소에게 먹이고 마당을 쓸고 있다.
 "영기야."
 주인이 우물가에서 약탕기를 씻으며 나를 부른다.
 "뱀 좀 잡아 와라."
 "예, 뱀을, 오늘 또다시······."

"너 저 앞산을 넘어가면 큰 공동묘지 하나가 나오는데, 그곳에 약이 꽉 찬 뱀이 동면하기 전 먹잇감을 포식하러 다닐 때다."

이번에는 살모사든 독사든 반드시 살아 있는 채로 생포해서 잡아 와야 된다고 몇 번씩 강조하셨다.

"……."

"반드시 생포해 와!"

"네? 어르신 징그러운 뱀을 산 채로 어떻게 잡아 와요? 그러다가 제가 독사에게 물려 죽겠어요."

"뭐가 그리도 무섭고 징그럽냐? 지금 이때가 몸보신할 수 있는 아주 좋은 기회야!"

"저 뱀 잡기 싫은데요."

주인의 명령에 순종하지 않고 거역하는 말을 처음으로 해 보았다.

"무엇이라고? 무슨 소릴 하느냐, 당장 가서 잡아 와!"

어른의 거칠어진 목소리가 나를 질타한다. 주인은 자신의 지시에 필요 없는 말로 토를 달고 있는 내가 아주 못마땅한 듯 한동안 뚫어지도록 빤히 쳐다보고 있다.

"……."

어느덧 하루의 해가 저물어 가는 공동묘지, 오늘은 여기서 이만 뱀 잡는 사냥꾼 노릇을 포기하고 돌아가고 싶었다.

　다시 용기를 내어 조금 더 음침한 곳으로 올라갔다. 내 앞에 큰 비석 하나가 우뚝 서서 내 앞을 막고 서 있다.

　푸른 이끼가 낀 비석의 한자들, 한자 읽기를 좋아하는 나는 글귀들을 읽어 내려가던 순간 '휙' 하고 살기가 온몸에 또다시 스며든다.

　'혹시 내 뒤통수에 집채만 한 멧돼지라도 있는 것 아닐까?'

　조건 반사적으로 이상한 소리가 난 곳으로 화살같이 빠르게 달려갔다.

　그 정체를 추적하기 시작했다.

　공동묘지 무덤 몇 개를 뛰어서 건너가자마자 멧돼지 몇 마리가 노닐고 있다. 나는 큰 고함을 지르면서 손에 들고 있던 참나무 지팡이로 돼지 대가리를 내리쳤다.

　맨 앞에 있던 돼지 코에서 피가 흘러나온다. 그리고 순식간에 정글 사이로 모든 돼지들이 도망치듯 사라진다.

　천천히 공동묘지 아래 계곡으로 내려갔다. 갈증이 심하게 나서 물도 마실 겸, 계곡을 따라 한참을 걸어갔다.

　'이건 뭐야! 아니, 웬 동굴이야.'

　나뭇가지들로 동굴 입구가 일부 막혀 있는 것이 아닌가.

　동굴 입구 천장에는 이끼가 잔뜩 끼어 있다. 도대체 이 속에는 뭐가 있는 걸까? 아니다.

그냥 돌아가는 게 현명할지 모른다는 생각을 하다가 나 자신도 모르게 일부가 막혀 있는 동굴 입구를 가리고 있는 나뭇가지들을 치웠다.

'내가 무슨 탐험가인가?'

지구가 둥글다는 것을 입증한 마젤란도 아니다. 그렇다면 죽은 망자들의 세상인 오래된 무덤만을 연구하고 다니는 고고학자라도 되는가 보다.

'어찌하여 이러고 사는가?'

주제 파악은 못 하고서 고고학자는 무슨 가당키나 한 헛소리냐, 내 본연의 임무를 잊고나 있지 않은가? 땅꾼이라는 중대한 임무를, 주인의 정력을 한층 더 강화시키기 위한 임무를 잊지 말자. 비에 흠뻑 젖은 방랑객 시인처럼 또다시 '중얼중얼'거린다.

"이런 이상야릇한 곳만 찾아다니다니."

혼잣소리로 지껄인다. 동굴에 들어서려니 덜컥 겁이 난다.

'언제부터 내가 겁쟁이가 되었나. 내가 유인원과 인류 사이 진화가 덜된 인간이라도 되는가?'

나 자신이 스스로 반문해 본다.

동굴의 높이는 내 키보다 조금 더 높다. 밖의 공기와 너무 다르게 싸늘하다.

동굴 속이 컴컴하고 어둡기만 하다. 이 동굴이 도대체 언제부터 있던 동굴인지, 무엇을 하는 동굴인지 알 수가 없다.

성냥개비나 라이터도 없지 않은가. 동굴을 깊숙하게 들어가 확인해 보려면 최소한 활활 타오르는 횃불 하나는 밝혀야 한다. 아무런 준비도 안 된 상태인지라 억지로 탐험가 노릇은 그만 포기하기로 마음먹고 돌아섰다.

곧장 계곡을 빠져나와 수풀이 우거진 공동묘지 안으로 들어선다.

그 순간 비호같이 풀숲 사이로 무엇인가 '휙휙' 날개가 달린 듯이 발 아래로 달아난다. 오싹하고 온몸에 식은땀이 흐른다.

"앗! 큰 뱀이다!"

나도 모르게 괴성을 질렀다. 몽둥이로 냉혹하게도 인정사정없이 두들겨 팼다. 큰 시퍼런 뱀은 처참한 최후를 맞는다. 칡넝쿨로 뱀 대가리를 묶고 나뭇가지에 치렁치렁 매달고서는 산을 내려갔다.

뱀의 긴 꼬리가 아직도 살아 있는 듯 꾸물거린다. 피가 뚝뚝 나의 고무신짝 위로 떨어지고 있다. 주막 앞을 황새걸음으로 지나치던 중 마당에 빨래를 걷고 있던 누님이 이 광경을 보았다.

"에구머니나! 이게 뭐냐?"

"보면 몰라요?"

"아니! 이렇게 큰 뱀을 잡았네."

그녀는 놀라서 망연자실한 표정이다. 엊그제 칠국이와 병인이가 뱀을 잡아 구워 와서 나에게 소금 좀 달라고 하더니 이거 늙으나 젊으나 정력에 좋다면 무조건 뱀 타령만 한다고 어이가 없다는 표정이다.

"누님 죄송해요. 주인께서……."

"아니 징그럽게도……."

누님이 느티나무 뒤로 얼굴을 감춘다.

대문 앞에 들어서는 순간 주인은 약탕기와 불쏘시개를 준비해 놓고 나를 눈알이 빠지도록 기다리고 있었다. 주인어른을 보자 나도 모르게 미소를 지으며 자랑한다.

"어르신 진짜 토실토실 좋은 놈을 잡았죠?"

공손하게 머리를 거듭 굽실거린다.

"아니 이게 뭐야? 뱀을 생포해 오라고 했거늘! 이 피, 피 좀 봐!"

피가 중요한데 다 흘려 버리고, 이게 뭐냐고 어이가 없다는 표정을 지으며 나를 책망한다.

"이거 피 질질 다 흘려 버리면 보약이 되겠나? 초가을부터 뱀이 몸보신에 특효약인데, 녀석에게 내가 무슨 말을 해야 되는가?"

참으로 어이가 없다는 듯 혀를 끌끌 찬다.

"죄송합니다."

나는 그저 주인의 행동과 눈치만 살피고 있다.

"너 얼빠진 녀석 아니야?"

이제는 눈초리를 치켜세우신다.

"다음번엔 반드시 산 채로 잡아 와! 내가 몇 번이나 강조를 하는데도 이 좋은 것을 죽이다니."

나는 침묵했다.

주인은 미간을 찌푸린다.

수없이 다짐하고 말하고자 했던 것, '아니요? 저 이 짓거리 더는 못 해요.'라고 소리치고 싶었다.

하지만, 나는 맥이 빠진 듯 힘없이 "예."라고 대답하고 말았다.

다음 날 아침나절 찬 이슬이 짙게 깔린 고요에 깃든 산언저리에 또다시 뱀 수색에 나섰다. 밤나무가 늘어진 큰 언덕 앞 작은 땅굴을 지나 후미진 곳을 수색하던 중 뭔가 온몸에 살기가 저려 온다.

'뭐가 이리도 으스스하지? 도대체 왜…….'

일순 긴장감 속에 물이 졸졸 흐르는 바위 틈새를 주시했다.

'뭐지?'

어떤 짐승이 날카롭고 시뻘건 송곳니를 드러낸 채 시퍼런 눈동자를 번득이며 노려보고 있다. 순간 머리털이 용수철처럼 하늘로 솟구치고 심장이 요동을 친다.

'호랑이 새끼인가? 아니, 도대체 정체가…….'

내 코앞에 닥친 위험에 마음을 진정시키고 유심히 보니 표범 같은 살쾡이 한 마리가 공격 자세로 바위 사이를 점프하여 쏜살같이 뛰어오른다. 예측 불가능한 아찔한 위기의식을 직감하고 뜀박질로 줄행랑을 치다가 그만 반쯤 쓰러져 누워 있는 죽은 자의 비석 모서리에 발이 걸려 언덕 아래 아름드리 소나무 가지 위로 굴러떨어졌다가 다시 몸이 뒤집히면서 땅바닥으로 곤두박질쳤다.

약 10m 높이 90도 각도인 절벽에서 떨어진 후 큰 나뭇가지에 몸이 걸리지 않았다면 황천길로 갈 뻔했다. 얼마 동안 기절해 있었던 것인가.

'여러 겹의 장송 나뭇가지가 완충 역할을 해 주지 않았다면 비명횡사할 뻔했구나.'

나약한 영혼이 기적같이 살아났지만 갈비뼈가 부러진 것

인지, 한쪽 다리의 뼈가 삐었는지 심하게 절뚝거리며 지팡이 하나에 몸을 의지하면서 천천히 걸어 보았다.

왼쪽 갈비뼈에 심한 경련이 일고 숨이 턱밑까지 차올랐다. 반병신 상태로 힘없이 산을 내려오는 차에 겨우 꽃뱀 한 마리를 잡았다.

"아니, 이거 또 죽였네!"

"산 채로 생포한다는 것이, 그만⋯."

"왜? 생포를 못 하는데? 어찌하여 독사는 못 잡느냐?"

"너무 위험한 상황에서 그만."

"한쪽 발은 왜 기우뚱거리며 다니느냐?"

큰 잘못을 저지른 사람처럼 나는 "어르신 독 안에 든 생쥐 잡듯이 독사든 물뱀이든 그리 쉽게 생포할 수가 있나요⋯."라며 기어들어 가는 목소리로 말했다.

"도대체가 말을 들어 먹어야지! 허참! 기가 막혀서 말이 안 나온다."

주인은 살아 있는 뱀을 약탕기에 넣고서 끓여야만 보약으로서 효과가 극대화된다는 것이다.

구천으로 가는 길목 한가운데서 겨우 살아 돌아온 나에게 주인은 죽은 뱀을 앞에 두고서, 먹은 음식이 소화가 안 되어 생기는 체증으로 인해 화 덩어리가 치밀어 오르는 듯 더 이상 말문을 잇지 못하고 끙끙거린다.

주인과 달리 나는 뱀을 독하게 죽여서 잡고 나면 왠지 모르게 정신적으로 허탈감이 한없이 밀려온다. 따라서 뱀들이 겨울잠을 자기 위해 동면하기 전까지 이 짓을 해야 되는지에 대해 매일같이 마음이 혼란스럽기만 하다.

그러나 주인은 아직 나이가 많은 늙다리도 아닌 피가 끓은 40대 후반의 나이에 몸이 너무 안 좋아서 매주 한 번씩은 살아 있는 뱀을 끓여 먹어야 했는데, 참으로 자신의 말을 제대로 들어 먹질 않는다고 한숨 쉬며 탄식한다.

"너 내가 맥없이 죽으면 좋겠냐?"

"아니요."

그러는 주인과 달리 나는 내 자신이 야생의 굶주린 하이에나처럼 살아가야 하는가에 대한 의구심이 수없이 들었다. 그뿐만 아니라, 뱀탕을 안 먹고 사는 나는 멀쩡하게도 새벽이면 생명력을 느끼고 사는데 주인만이 저리도 난리를 치고 있는가?

이곳에 함께 머슴살이 하러 온 다섯 명의 초등학교 동창생들 중 세 명은 몇 달 전에 야반도주했는데, 나도 그들처럼 도망갈까 하는 생각에 수없이 번민이 교차되었다.

'그렇다. 야반도주만은 안 된다. 이곳에서 그동안 생고생하며 노력한 대가로 새경은 떳떳하게 받아 가야 되지 않겠는가.'

깊은 침묵 속에서, 모든 것들이 혼돈 그 자체인 것 같았다.

정말 참기 어렵고 또 힘든 작업일지라도 부정적으로만 인식하지 말고 모든 일에 대하여 긍정적으로 생각해 보자고 굳게 다짐했다.

엊그제 계곡 언덕 아래로 굴러 떨어지면서 다친 한쪽 발을 절뚝거리며, 오늘도 주인의 왕성한 몸보신을 위해 땅꾼처럼 다시 산속을 이 잡듯이 헤집었다.

어느 초라한 무덤가, 세밀한 수색 작업 도중 까치독사 한 마리를 생포했으나 이번에도 잔혹한 사냥꾼이 되어 결국 숨통을 끊어 버리고 말았다.

두 개의 날카로운 송곳니로 너 죽고 나 살자는 식으로 대항하는 독사에게는 어찌할 도리가 없다. 그리 쉽게 산 채로 생포할 수 있겠는가.

새가슴처럼 나약한 나로서는 도저히 생포할 용기 또한 없었다. 뱀과 마주치는 찰나, 모골송연(毛骨竦然)이라 했던가. 아주 끔찍하고 두려워 등골이 오싹하게도 머리끝에서 발끝까지 긴장감이 전율처럼 흐르기 때문에 몽둥이로 힘껏 내리쳐 죽여서 잡을 수밖에는 도리가 없었다.

이 세상 막 시작한 꽃다운 청춘인 나의 생명이 중요한가 아니면 주인님의 건강을 위한 보약이 더 중대한 것인가에 대한 의문이 들었다.

그때마다 주인은 나를 빤히 쳐다보면서 '삐딱삐딱' 마음씨가 삐뚤어진 자는 몸도 정신 상태도 바르지 못하기 때문에 언제나 시키는 일을 정확하게 이행할 수 없는 것이라며 역정을 내며 그 말을 반복했다.

"이 좋은 독사를 어찌하여 죽였나?"

"저도 모르게요."

"너 참 한심한 녀석이다."

그 무엇인가 아니 누구인가에게 육체와 정신 상태가 속박되어 있다고 생각하면 할수록 육체가 자유롭게 행동하지 못하는 것이라고 생각되니 정신 상태만은 자유로운 사람이 되어 오늘 밤도 고요한 마음으로 편하게 쉬어 가고 싶다는 것이 하루하루 삶을 살아가는 나의 방법이다.

하루 종일 소낙비에 젖고 땀방울 찌들어 파김치가 다 된 몸뚱어리를 시원스레 흐르는 여울목에서 대충 씻고, 나의 유일한 안식처인 방앗간 한편의 사랑방으로 들어와 언제나 그랬듯이 구석진 곳에 벌렁 누워서 벙거지를 베개 삼아 깊은 잠을 청했다.

비에 젖은 벙거지

장마철 스산하게
산바람
불어오는
드넓은 들녘

수수밭 사잇길
비에 흠뻑 젖은
허수아비가
낡고 해어진
벙거지를
머리에 뒤집어
쓰고 있다

흔들리는 손짓
의젓하고도
늠름하게 서서
수수밭을 씩씩하게
홀로 지켜보고 있다

7. 맨발의 청춘

 푸르고 청명한 하늘을 두둥실 떠가는 뭉게구름, 파란 창공을 날던 작은 피리새 한 마리가 굴참나무 가지 위로 내려앉아 구슬피 울어 댄다. 산기슭 무덤가에 한 떨기 가을 들국화가 곱게도 피어 있다. 소나무와 잡목들이 빼곡하게 자란 산골짜기에 무성하게 뒤엉킨 가시덤불로 인해 더 이상 앞으로 전진해 나아가기가 어렵다. 그래서 이리저리 몽둥이로 '휙휙' 휘젓고 다녔다. 고요한 산속의 적막을 깨뜨리는 소리에 산새들이 깜짝 놀라 '푸드덕푸드덕' 날아간다.
 사방을 이리저리 은밀하게 독사의 흔적을 찾아 살피고 있다. 그러나 그리 쉽게 뱀이 내 눈앞에 그 징그러운 몸뚱이를 드러내지 않고 있다.
 주인어른 보약에 쓰려고 한다는데, 최선을 다해 봐야지 않겠냐고 마음속으로 다짐해 본다. 한참을 헤매도 어디로 숨은 건지 눈깔을 크게 떠 보아도 없지 않은가.
 어느새 굴속으로, 뱀 소굴로 들어간 건지 독사든 뱀이든 눈을 씻고 봐도 없다.
 너무도 고요한 깊은 산 계곡, 엉겅퀴 수풀 사이로 무서운 들짐승이 튀어나올 것만 같은 공포감에 살갗에서 진땀이 흘러내린다.

 초상을 치르고 이제 막 장사를 지낸 듯한 무덤 하나가 흉측하게도 파헤쳐 있지 않은가. 죽은 시신의 손과 발이 희끄무레하게 삐죽 나와 있다. 섬뜩 모골이 송연해진다.

 '멧돼지가 파 뒤집었나? 들개들이 송장을 뜯어 먹다가 배가 불러 사라진 것인가?'

 수풀 사이로 핏자국이 응고된 채로 널브러져 흩어져 있다. 시신의 일부도 뜯겨 없어졌을 뿐만 아니라 썩지 않은 내장들이 하나둘 난장판처럼 널려 있는 것이다.

 또한 여기저기 사람의 뼈들이 앙상하게 흩어져 있다. 나를 더욱 놀라게 한 것은 죽은 송장의 팔 하나가 반쯤 대각선으로 누워 있는 비석 위에 걸쳐 있는 것이다.

 '아니! 도대체 이게 무슨 일인가? 굶주린 산짐승이 뜯어 먹었다가 비석 위로 팔 하나를 끌어 올려놓고 간 것인가?'

 여기저기서 썩고 있는 시체에서 풍기는 악취가 내 코에 진동한다.

 온몸에 소름이 젖어 든다. 곧 금방 숨이 끊어질 지경에 이른 것처럼 명재경각(命在頃刻)이라 완전히 파헤쳐진 무덤가 죽은 송장이 나뒹구는 사지(死地)를 벗어나려고 최대한 빨리 도망치다가 보니 이거 맨발의 청춘이 아니던가.

 "내 신발! 내 고무신짝은 어디로 갔지?"

새아기 검정 고무신

초등학교 6년 동안
찢어진 검정 고무신
돗바늘 새하얀 실로
한 땀 한 땀 정성을 다해
꿰매 공든 탑이 되다

어떠한 날씨
악조건 전천후(全天候)
오랜 친구 전우인 듯
운명을 함께해 온
나의 검정 고무신이다

사랑스러운 디자인
운동장에서 달리기할 때면
언제나 양손에
검정 고무신 보란 듯이 들고서
의젓하게 달려 보았다

아버님 손끝에서
한 땀 한 땀
애처롭게 전해 오는
오래된 이야기처럼
꿰맨 검정 고무신
색상도 고운 새아기
탄생되곤 하였다

장날이면 읍내에 매주 다니면서 싸구려 운동화 하나를 사 주나, 실장갑 한 켤레를 사 주나, 터무니없는 임무를 맡기면서 남의 사정은 아랑곳없이 따뜻한 정이라고는 하나 없는 매정한 주인어른이다.

고무신짝 하나를 찾기 위해 무덤가에서 길을 잃어버린 어린양처럼 오락가락 홀로 하소연하듯 귀신 씻나락 까먹는 소리 지껄인다.

그래그래, 현재 상황을 직시하자.

다시 뒤돌아서 잃어버린 신발을 가시덩굴들이 우거진 고랑창에서 어렵사리 찾아 칡넝쿨을 이빨로 잘라 단단히 동여매 묶고 있던 중 맑은 하늘가에서 번개가 공동묘지 위로 '번쩍번쩍' 내리친다.

고요함 속에서 정적(靜寂)만이 드리워진 산야에 천둥소리가 요란하게 내 귓전을 강타한다.

고개를 들어 보니 하늘엔 시커먼 먹구름들이 몰려들고 있다. 아무래도 이곳을 빨리 벗어나야 되는 것이 상책이 아니던가.

그러한 생각을 하면서 또다시 달리다가 그만 돌부리에 채어 발가락 터진 줄도 모르고 큰 무덤 위로 뛰어 올랐다가 다시 아래로 무작정 내달리던 중 깊은 웅덩이 속으로 빨려 들어간다.

어떠한 위험이라는 실제 상황에 직면하게 되면 감각 기관과 운동 신경계가 무의식의 세계로 빠져들어 현실감각이 완전히 상실된다.

얼마간의 시간이 흘렀는지도 모르지만 겨우 의식을 되찾고서 몸을 일으키려고 했으나 팔과 다리에 온 힘이 빠져 무기력한 상태, 몸을 움직일 수 없지 않은가. 다리를 꼬집고 흔들어 보아도 전혀 감각이 없다. 그것도 참으로 다행인 것은 다시 의식을 되찾았다는 것뿐이다. 큰 구덩이 속에서 밖으로 기어 나오려고 안간힘을 다해 보았으나 결국 아무것도 할 수 없는 채 눈동자만 이리저리 깜박거린다.

한참 동안 어쩔 도리 없이 속수무책으로 깊은 구덩이 속에서 꼼짝을 할 수가 없다.

그래도 하늘에서 비가 내려 정신이 들었기에 깨어난 것이라 생각된다.

소나기 쏟아지는 공동묘지에서 한 번 더 정신을 가다듬고 고개를 들어 보니 죽은 자의 뼈를 발굴해 간 깊은 무덤 속에 나의 몸이 들어와 있는 것이 아닌가.

송장을 꺼내 간 빈 무덤 한가운데 관 뚜껑이 열려 있는 곳에 내 몸뚱어리가 처박혀 있고 관 뚜껑이 나를 반쯤 덮고 있었다.

일부가 부서진 관을 가슴에 껴안고 행복에 젖은 듯, 정신을 잃고 쓰러져 있던 것이다.

'내가 지옥 속에 빠져 있구나. 등신 같은 머저리가 아닌가.'

한심하기 짝이 없는 인간이 아닐 수가 없다고 생각을 하면서, 다시 한번 양다리를 움직여 보았다. 조금씩 움직였다. 아! 이제 살았구나 하고 안도의 숨을 몰아쉬면서, 가슴팍에 껴안고 있던 관 뚜껑을 '휙' 내던졌다. 양손으로 어렵사리 무덤 속 구덩이를 헤쳐 빠져나오고 있는 순간 발목을 감싸고 있는 듯 뭔가가 꿈틀거리는 느낌이 든다. 고개를 돌려 아래를 바라보니 뱀 새끼들이 무더기로 꾸물거리며 내 다리를 칭칭 감싸안고 있는 것이 아닌가.

이제는 뱀이라면 징그러운 생명체가 아니라 매스꺼울 정도로 더럽고 역겨웠다. 독사의 흔적을 찾아다니다 그만 뱀 소굴로 굴러 떨어지고 말았지만, 그래도 죽은 자를 옮겨 간 빈 무덤 속에 독사는 없고 꽃뱀과 물뱀들만이 사는 소굴이라는 것이 참으로 운수대통이 아닐 수가 없다.

인간의 정신적 능력이 부여한 현실의 세계인 자연, 그 자체를 초월한 초자연적 현상으로 죽은 자가 영혼으로 부활하여 그들만의 영적인 세상인 공동묘지에 어찌하여 낯선 자가 자신들의 영역을 매일같이 침범하였기에 죄와 벌을 내린 것이라 감히 판단해 볼 뿐이다.

어릴 적 어머님과 함께 공동묘지 앞 다랑이 논에서 모내기를 하다가 어스름 저녁에 궂은비가 내리고 있을 무렵이었다.

여러 개의 새파란 작은 불빛들이 공동묘지에서 노닐고 있은 것을 본 나는 매우 놀랐다.

어머니는 귀신의 영혼들이 놀고 있다고 오늘 일은 그만 접고 집에 가자고 했던 기억이 떠올랐다.

특히, 젊은 나이에 요절한 어느 한 젊은이가, 영혼에 한이 서려 저승으로 떠나지 못하고 이승에서 떠돌다가 그 어미(무당)의 몸 안으로 스며 들어가고 있는 혼백을 직접 목격도 하지 않았던가.

그 영혼은 파란 불빛 하나이다.

초현실적인 현상, 혼백의 불빛에 대하여 살아 있는 자가 판단하거나 말하기에는 사실상 불가능할 정도로 작고 또 작은, 구슬같이 영롱하고 둥글며 고요 속에 잠겨 있는 새파란 영혼의 불빛이라고 표현할 수 있다.

어찌 되었건 오늘 이후로 어리석고 무모하게 뱀을 잡기 위해서 공동묘지에는 얼씬도 하지 않을 것이라 맹세했다.

아무튼, 숨이 막힐 듯 기겁하고서는 어머니 젖 먹던 힘까지 다하여 저승길 마녀의 혼백이 살던 깊고 깊은 구덩이 속에서 엉금엉금 기어 나왔다. 조금 전까지 처박혀 있다가 어렵사리 기어 나온 빈 무덤, 파헤쳐진 구덩이를 다시금 무심코 바라봤다.

어찌하여 그리 깊이도 파 놓은 구덩이던가. 섬광처럼 강렬하게 빛을 발하는 번갯불, 그 시퍼런 칼날에 놀라서 내 스스로가 무덤을 파고 들어간 듯 구덩이 속으로 자신도 모르게 빨려 들어갔다가 무덤 속을 벗어나려 몸부림치듯 몹시도 허우적거리다 몇 번만 겨우 어렵게 살아서 기어 나온 것이다.

한바탕 쏟아지던 빗줄기도 멈추고 하늘엔 한 줄기 햇살이 드리운다. 파헤쳐진 무덤 속은 장마철이 지난 지금 무릎 높이까지 물이 질퍽하게 차 있고 주검의 저승사자가 살던 텅 빈 구덩이 한가운데엔 뱀들이 우글거리고 있다. 나의 머리뿐만 아니라 온몸은 더러운 오물들로 완벽하게 덮어쓰고 있는 모습이다.

또한 발가락은 돌부리에 차이고 몸뚱이는 가시에 찔려 성한 곳이 하나도 없다.

어느 묘지 앞에 쓰러져 누워 있는 비석에 이마를 부딪친 것인가? 아니면 메마른 숲속 양지바른 공동묘지 계곡 언덕 위에 있는 볼썽사납게 잘려 나가 지름이 1m 정도 되어 보이는 갈참나무 등걸에 걸려 넘어지면서 다친 것인지 분간하기 어렵지만, 내 머리와 눈가에서 붉은 선혈(鮮血)이 뚝뚝 떨어지고 있다.

시신들이 널브러진 죽은 자의 계곡에서 죽음에 대한 공포감을 피부로 깊숙하게 느끼고서야 비로소 살아 있다는 것에 대하여 감사하게 생각하는지도 모른다.

한동안 묘지들 사이를 걷다가 잠시 걸음을 멈추고 서서, 얇은 겉옷 하나만을 걸치고 있던 소매 차림의 윗옷을 벗고서 소맷자락을 쭉 찢어 피가 흐르고 있는 한쪽 눈에서부터 이마까지 헝겊 조각을 대고 질끈 동여맸다.

지금껏 살풍경에 간담이 서늘해진 심장, 긴장이라도 좀 풀어 볼까 해서 미친 광대가 된 인간, 모질고 거친 악바리처럼 '고래고래' 고함을 질러 봤다.

"너는 누구냐? 야, 이놈들아! 나는 미친 광대다! 아직도 나는 살아 있다! 그래, 안 죽었다!"

저 멀리 높은 산꼭대기에서 부딪쳐 들려오는 몽중몽설(夢中夢說), 종잡을 수 없는 목소리는 가느다랗게 산울림이 되어 다시금 메아리로 나의 귓전을 때린다.

공동묘지 근처에 서 있는 참나무 가지를 어렵사리 잘라, 지팡이 삼아 하늘 높이 치켜들고서, 나 같은 미친 광대가 감히 식견이 높은 스님은 될 수 없고, 비 맞은 땡추 같은 중놈이 되어 실없이 콧소리도 애절하게 노래 부른다. 〈비 내리는 고모령〉은 독창적인 오페라 멜로디 같은 시적인 노랫말이나 글쓴이가 거듭 태어나도록 창작해 보았다.

어머님 손을 놓고 떠나올 때
소쩍새도 구슬피 울었다오.
갈잎처럼 마른 잎새 나부끼는
산 능선 따라 넘어오던
그날 밤이 너무도 애달프구나.

수만 년이라는 억겁의 무한한 시간대, 풍진세상 흐르기만 하는 세월이었던가. 태양열과 비바람에 의한 물리학적, 화학적 풍화 작용이라는 변질 과정에 의해, 지표면이 바뀌어 벌거숭이가 된 묘상을 지나치고 있다.

"내가 유령이나 마녀와 대적했다면 누가 믿어 주겠나. 애초에 공동묘지에 안 오는 게 상책 아닌가. 내가 지금 현실과 치열하게 싸움을 하고 있는 거지 허깨비와 싸우고 있는 게 아니야."

독백하듯 중얼거렸다.

내 앞에 큰 고목나무 한 그루가 우뚝 서 있다.

한순간 흰색의 긴 드레스를 걸쳐 입은 조그마한 소녀가 나를 반기는 듯 손짓으로 유혹한다. 토끼처럼 놀란 가슴을 안고서 그 자리에 넋이 나간 사람처럼 멍하니 잠시 서 있다.

"넌 누군데, 이 산중을 헤매느냐?"

"……."

작은 소녀는 아무런 말이 없다.

이상하다는 생각에 소녀가 있는 곳으로 다가섰더니 이내 고목나무 뒤 숲속으로 사라지듯 숨어 버린다.

지금 내 정신이 오락가락 미친놈처럼 혼미하여 환영(幻影)을 본 것인가? 무의식적으로 작은 소나무들이 우거진 곳 사이로 들어가 보았으나 아무도 없다.

조금 전까지 있던 소녀가 하늘로 증발해 버린 듯 흔적도 없다.

내가 방금 전 유령을 보았던 것인가 아니면 허상을 본 것인가. 아무래도 오늘 신체적, 정신적으로 기가 쇠약해져 자꾸만 혼백, 허깨비와 함께 놀아 보려고 하는 것 같다.

한 시진 전까지만 해도 산야에는 소나기가 내렸다. 해는 아직 저물기 전이지만 운무도 짙게 깔려 나지막하게 드리우고 어둑어둑한 공동묘지라서 유령들이 출몰한 시간인 걸까?

조금 전까지 정말 끔찍하게도 널브러진 시체들과 시신들의 뼛조각들, 현재 상황을 직시하고 최대한 빨리 이곳에서 탈출해야 했다.

아무튼 쪼그만 소녀가 사라진 숲 사이에서 공동묘지를 신속하게 벗어나려고 빠른 걸음걸이로 걷고 있던 중 가시덤불이 엉클어진 땅을 개간한 화전밭, 억새풀 줄기와 푸르른 시누대(靑竹)의 뿌리들을 괭이로 한 뿌리 한 뿌리 파내 일구던 자그마한 밭, 그 아래 무덤가에 이제 막 새롭게 장사를 지낸 곳을 지나려던 중 충격적 사건이 나에게 또다시 엄습한다.

 '오늘 일진이 아주 사나운 운명의 날이라도 되는 것인가? 지옥에 온 것을 반갑다고 환영이라도 하는 것인가?'

 새로운 흙으로 덮인 처량한 무덤 앞에 새하얀 옷을 입은 젊은 여인이 쓰러져 있는 것이 아닌가.

 늦여름과 초가을 사이에 영혼의 샘물 같은 뜨거운 태양 아래 피는 꽃, 슬픈 영혼에 대한 사랑의 숨결을 기억해 달라는 의미를 지닌 한 떨기 눈물 속에 피어나는 이름 모를 꽃들, 자주색과 보랏빛 꽃송이가 돋아난 외로운 작은 무덤 앞에 죽은 듯이 엎드려 있는 여인이 한 명 있다.

 방금 전까지도 귀여운 손짓을 하면서 나를 유혹하던 작은 꼬마 소녀는 종적도 없이 어디로 가고 저 여인은 또 누구인가?

 또다시 불안한 마음에 놀란 가슴을 잠시 진정시키고 죽어 있는 듯한 여인 곁으로 고양이처럼 발소리도 내지 않고 살금살금 다가섰다. 그러다가 큰 기침 소리를 내 봤다.

 이번에는 아예 큰 소리를 질러 봤다.

 "이보세요! 여보세요!"

"……."

혹시 상중인지 새하얀 옷차림새의 여인의 흰 치맛자락 한쪽 끝을 조심스럽게 한 손으로 흔들어 보았으나 아무런 미동도 하지 않는다.

잠시 숨을 크게 고르고 나서 여인의 옷고름을 살며시 잡고 당겨 보았다. 그러나 여인은 죽은 사람이 아니던가. 나도 모르게 벌렁 무덤가 뒤로 넘어졌다가 반사적으로 일어났다.

아니다. 혹시 살아 있을지도 모른다는 생각에 젊은 여인을 무덤가에 반듯하게 돌려 누이고 나서 가슴에 손을 살며시 갖다 얹어 보았다.

'아니? 아직 온기가 있는 것 같기도 한데?'

다시 턱 아랫부분 목덜미를 손가락으로 조심스럽게 눌러 보았다. 아직 살아 있다는 희망을 가지게 되어 양 손바닥을 하나로 하여 가슴팍을 반복적으로 눌러 보고 나서 입을 맞추고 인공호흡을 한 후 심장 마사지도 해 보았다.

그러자 잠시 후 여인이 기적같이 숨을 몰아쉰다.

나는 축 늘어진 여인을 등에 업고서 한참을, 산 넘어 십여 리 떨어진 읍내까지 달리고 또 달려 숨을 거칠게 몰아쉬면서 작은 병원으로 들어갔다. 여인을 조심스럽게 병상에 내려놓고 고개를 숙여 보니 한쪽 발에 있던 검정 고무신 한 짝

마저 사라지고 또다시 맨발의 청춘이 되었다.

　어느덧 흐릿하게 비치던 초승달과 그믐달 사이에 있던 달빛도 운무 속으로 모습을 감추어 버린 한밤중이 되어서야 사랑방 부엌으로 돌아와서 부뚜막에 놓여 있는 다 식어 빠진 고구마 몇 개를 허겁지겁 먹었다. 조금은 기운을 차리고 부지깽이로 부엌 벽에 삐뚤빼뚤 누군가 써 놓은 낙서를 눈여겨 읽어 보았다.

　오늘 하루도 또다시 맥이 풀어져 녹초가 된 길고 긴 시간들을 보냈다. 차갑게 밀려드는 공포감이 온몸에 덮이는 날이었다. 사랑방 문을 조심스럽게 열고 들어가 한쪽 구석진 곳에 누워 나도 모르게 깊은 잠 속으로 빠져 들어갔다.

　이른 아침부터 싸리문 앞에서 모가지가 빠지도록 나를 기다리던 주인어른, 기가 차서 말을 잇지 못하더니 한마디 하신다. 공동묘지에 가서 죽은 줄 알았더니 살아 돌아와서 반갑다는 뜻이겠지?

　"이른 아침나절 독사를 잡으러 집을 나선 녀석이 이거 함흥차사도 아니고 만 하루가 지나서야 집에 오다니!"

　"……."

　얼굴은 어찌하여 그토록 다 찢기고 깨져 가지고 다니는지 참으로 알 수가 없다는 듯이 바라다보는 눈길……. 고운 눈길만은 아닌 것 같다.

"아침밥 먹을 시간에 딱 맞춰 왔구먼!"

주인어른이 퉁명스럽게 말했다.

"그저 죄송합니다, 어르신!"

저 싫다면 평양감사도 그만두고 떠나는 것이 아니던가. 무언의 말로 중얼거렸다.

어제 하루 내가 무엇을 했는지 과연 내가 파묘된 관 속에 처박혀 있다가 살아난 것인지 또한 죽어 가는 여인을 등에 업고 읍내까지 갔다 온 것이 실제 현실로 일어난 일인가 아니면 꿈을 꾸었던 것인가.

가혹한 시련의 시간들, 사선(死線)을 넘어서 살아 돌아온 나 자신은 아직도 혼미한 정신적 상태, 사경(死境) 즉, 삶과 죽음의 경계선을 헤매던 어제가 아니었던가.

어저께 온종일 충격적인 사건만을 당했기에 그 과정도 나 스스로가 이해하기 어렵지만 주인은 독사를 잡지 못한 결과만을 가지고 책망했다.

8. 청상의 독수공방

  어느덧 늦장마의 끝자락에서 인부들은 들녘에서 땀방울 맺힌 얼굴로 열심히 일을 하고 있다.
  그때 주인이 작은 저수지 언덕 위에 앉아 인부들을 감독하고 있던 중 찬모 아주머니가 새참으로 국수를 가져왔다. 주인은 길 가던 어느 일꾼의 상전(上典)을 세워 놓고서 흥에 겨운 듯 카랑카랑한 목소리로 떠들어 댄다.
  "요즘 내가 몸이 끝내주게 좋아진 거 모르지?"
  "그래요. 참으로 좋은 소식이네요."
  "내가 평생 소원하던 아들 하나 보고 말 거야!"
  "당연하지요."
  딸부잣집에서 나이 오십이 다 되어 아들 하나 멋지게 낳게 생겼다고 행복에 젖은 듯 자랑이 늘어졌다.
  정력에는 독사라는 놈이 최고라서 밤새 한숨도 자지 못했지만 너무나 축복받은 밤이었다고, 출중한 신체를 자랑이라도 하는 듯 나를 힐끔 한번 보더니, 앞으로 시키는 대로 똑바로 확실하게 하라는 의미에서 엄숙한 표정을 지으며 눈알을 번뜩인다.

'내가 뱀 때문에 완전히 찍혔구나, 주인에게 찍혔어!'

'상전이 배가 부르면 종놈 배고픈 줄 모른다'라는 속담도 있지 않던가.

머슴 놈은 하루하루 공동묘지에서 사경을 헤매면서 힘든 삶을 살아가는데도 어찌하여 주인은 오로지 자신만의 욕망을 채우지 못해서 저리도 조바심에 안달복달 볶아 대기만 하는가?

"이 녀석, 앞으로는 똑바로 잘해야 돼?"

"네, 잘할게요."

"청개구리 심보를 가지고 마음을 잘 써야지 정반대로 행동하면 되나."

주인은 자신이 부자라는 특권 의식을 강하게 느끼면서 살아가는 분이다.

이래저래 정말로 치사해서 새경이고 뭐고 다 팽개치고 서울로 도망갈까 보다. 그렇다고 당장에 데릴사위로 부잣집 규수와 혼인을 하여 살 수도 없지 않은가.

봄날 나에게 언질 한번 주지 않고 야밤에 서울로 도망친 종범이란 녀석이 생각났다.

진흙 속에 묻힌 진줏빛보다도 고운 여인이 모든 걸 다 내던지고 바람이 나서 도망간 사연이 동네 일꾼들 사이에서 무슨 전설이나 된 듯 널리 전해지고 있었기 때문이다.

그 여인은 결혼하고 일주일 만에 남편이 새파란 젊은 나이에 요절(夭折)하였기에 독수공방(獨守空房) 홀로 지낸 지가 어느덧 10여 년이 됐다.

그 언제부터인가 그 여인에 대하여 불려 오는 애칭이랄까 '댁 호'가 하나 있었다.

그 이름은 청승이라는 애칭이다.

그 누군가 붙인 이름인지는 몰라도 젊은 여자가 재혼도 아니하고서 혼자 청승맞게 청승은 다 떨고 산다는 의미였다.

어쨌든, 그리 불리던 말던 그녀는 아무런 관심이 없다. 남편을 영영 저 멀리 떠나보내고 난 후, 몇 해 동안은 집 안에서 외부 왕래나 접촉을 완전히 끊고 은둔 생활, 즉 두문불출(杜門不出) 집 안에서 꿈적도 안 하던 여인이 어느 날부터인가 들녘에 나가 닥치는 대로 농사일을 억척스럽게 하다 보니 얼굴은 뜨거운 햇볕에 검게 그을려 있고 손발은 쇠가죽처럼 굳은살이 억세게 박여 있다.

사실상 생과부가 된 지 오래인 그 여인은 아직도 곱고도 앳된 얼굴이다.

그녀는 아직도 봄날 갓 피어난 매화꽃처럼 아름다웠지만 워낙 도도한 여자라서 그 누구도 함부로 접근할 수가 없었다. 또 한편으로는 시부모님을 극진하게 모시고 사는 여인이기도 했다.

그리하여, 청춘의 나이에 요절한 남편을 위해 절개를 지키며 희생적인 삶은 살아가는 여인을 기리고자 하는 기념비(烈女門) 하나는 세워 주어야 된다는 말들이 널리 사람들의 입에 자주 회자(膾炙)되곤 하였다.

아무튼, 오뉴월 뜨거운 태양 땀방울에 젖어 든 얼굴, 허름한 옷차림 새까만 얼굴로 오랜 세월 그렇게 살아온 여인은 진흙 속에 묻혀 있는 보석 같은 진주와도 같았다.

하루의 일을 마치고 깨끗하게 씻고 몸치장을 하고 나면 새카맣게 그을린 피부지만 그야말로 경국지색이 아닐 수 없다. 청승이라는 여인이 살고 있는 부잣집에 약관(弱冠)의 나이 이십 세, 잘생긴 미남 종범이가 머슴살이를 시작하게 된 것도 이때쯤이었다.

홍매화같이 피어난 그 여인이 논과 밭에서 일할 때마다 점심과 새참 등을 머리에 이고서 내오는 등, 매일같이 일상생활을 젊은이와 함께하다 보니 남녀 간에 친근감이 아니 생길 수가 있겠는가?

이러한 일들이 수없이 반복되다 보니 눈길 한번 주지 않던 도도한 여인도 마침내 촉촉하게 젖어 든 눈빛으로 은근하게 미남인 그 청년을 바라보기 시작했다.

곱고 청량한 목소리의 여인과 그는 결국 은밀한 사이가 되어 갔다. 청순한 두 사람의 육체가 매일같이 하나가 되니 불같이 뜨거워져만 갔고 이제 갓 삼십의 청상과부가 꿀맛을 한번 보면 꿀단지 속으로 깊숙하게 빨려 들어가 정신을 못 차린다고 하지 않던가.

우리말에 불잉걸이란 말이 있듯이 벌겋게 활활 타오르는 불꽃보다 한층 더 이글이글 달아오른 남녀 간의 애끓는 정을 어느 누가 막을 수 있으랴. 그리하여 이들은 동네 소문이라도 날까 봐 미리 겁부터 집어먹고 은밀하게 쥐도 새도 모르게 보따리 하나 싸서 서울로 야반도주하기에 이른 것이다.

그들이 도망을 친 후 남에 말하기 좋아하는 사람들은 잘생긴 젊은 놈하고 붙어먹었으니 얼마나 깨가 쏟아지겠느냐, 열녀문은 무슨 얼어 죽을 놈의 열녀문이냐, 참으로 황당하다는 표정들이다.

"얌전한 강아지가 부뚜막에 먼저 올라간다." 또 다른 이는 "도도한 척 다 하더니만 뒷구멍으로 호박씨나 까고 있다."라고 한마디씩 거들기도 했다.

작은 동네도 아니고 큰 마을에서 일어난 충격적인 사건이 있고 나서 사람들이 삼삼오오 모이는 곳이면 청상과부와 젊은 머슴이 몰래 붙어먹다 도망간 사건에 대하여 그 소문이 꼬리에 꼬리를 물고 전설처럼 이웃 마을로 퍼져만 갔다.

아무튼, 낮일도 잘하는 놈이 밤일은 더욱더 잘하는 법이라고 하면서 운이 참으로 좋은 놈이라, 자신이 한 편의 드라마 같은 사건의 주인공이나 된 듯이 부러운 표정을 짓는 자도 있었다.

그렇게 한동안 사랑에 미쳐 도망친 종범이에 대한 깊은 생각에 잠겨 있다가 문득 고개를 들어 스스로를 반문해 봤다. 개밥과 내가 먹었던 도시락 차이가 무엇인가? 다시금 중학교 1학년 시절을 떠올렸다. 학교를 다니다가 쫓겨나게 된 그 시절이다.

시꺼먼 꽁보리밥에 반찬은 된장과 마늘 두 쪽뿐이다. 그것도 마늘은 껍질을 벗기지도 않은 채로 통마늘 두 쪽뿐이었다. 교실 한쪽 구석에 숨죽이며 먹고 있는 도시락을 담임선생님은 동료들과 함께 먹으라고 도시락을 빼앗아 가져다 놓았다.

도시락 안에 들어 있는 꽁보리밥과 반찬을 본 같은 반 친구들은, 신바람이 나서 웃고 또 즐겼다.

"야! 저 새끼 도시락은 개를 주어도 안 먹겠다."

"한심한 놈이지!"

"저놈, 상거지야?"

나의 소중한 도시락, 처음으로 학교에 싸 온 도시락이었다. 하지만, 담임선생님이 먹는 것을 사실상 방해하였기에 어머님께서 생애 처음 싸 주신 그날 그때 그 아름답고 멋진 도시락을 다 먹질 못해서 오늘까지도 아쉬웠다. 같은 반 동료들이 난리를 치는데 어찌 도시락을 다 먹고 있겠는가.

그러나 이곳에 와서 비록 머슴으로 있지만 행복으로 가득 채운 밥상, 언제나 한결같은 뜨거운 음식들이 어스름한 밤이 될 즈음이면 나를 반갑게 기다려 주고 있다.

직사각형의 반듯한 큰 궤상(机床) 두 개에 차려 놓은 정갈한 음식들은 진수성찬(珍羞盛饌) 그 자체였다.

넓은 텃밭에서 안주인이 손수 키운 도라지, 더덕, 당귀 등 싱싱한 채소와 곁들어 돼지불고기는 물론이고 방목해서 기른 토종닭을 매일같이 잡아서 요리를 잘하는 찬모와 함께 손질한 다음 정성스레 조리하여 만드신 음식들이 언제나 나를 말없이 반기어 준다.

모든 식구들이 빙 둘러 앉아 말 한마디 없이 먹는 성찬 같은 저녁 식사 자리다. 그런데, 언제부터인가 저녁 식사 시간이면 무척이나 행복한 고민거리 하나가 생겼다. 큰딸 영란은 내 옆에 가까이 앉아 매일같이 나를 불편하게 만들었다.

어떤 때는 내 옆에 너무 바짝 붙어 앉아 있어 숟가락질하기가 매우 불편한 때도 많았다.

그도 그럴 것이 모든 사람들이 보는 앞에서 내가 좋아하는 음식이면 그 무엇이든 내 앞에 쌓아 놓듯이 가져다줬다. 모든 사람들이 눈여겨보고 있는데도 노골적으로 베풀어 주기만 했다.

큰머슴은 영란이의 이러한 행동들에 대해 아주 못마땅하다는 듯 눈살을 찌푸리며 나만을 '힐끗힐끗' 쳐다보더니 입 안에서 씹고 있던 음식물들을 허공으로 날리면서 한마디 던지곤 했다.

"데릴사위로 들어가지 왜 이러고 사냐?"

"그게 무슨 소리야?"

주인어른의 목소리에 매우 긴장한 큰머슴은 제대로 답변도 못 하고 우물쭈물했다.

"아니 그게……."

"우리 영란이와 혼인 얘기를 하는 거냐?"

"저놈이 책 나부랭이를 좀 봤는지 유식한 체……."

"지금 학교 다니고 있는 내 딸에게 그게 말이냐?"

"저놈이 밤마다 사랑방에서 독학으로 공부하는데."

"아들 하나 없다고 나를 희롱하는 거야?"

"영란이 문제가 아니고요?"

"조금 전 우리 딸내미 앞에서 데릴사위 운운하고서 딴청을 부리는가?"

"그런 것이 아니고요. 저놈만 보면 동네 처녀들이 환장을 했는지 사족을 못 쓰고 미쳐 있다고요."

큰머슴은 숟가락을 손에 들고 있는 채로 나에게 삿대질을 하면서 말을 이어 갔다.

"헛소리 그만하고 밥이나 처먹어라."

그러면서 주인은 내가 딸부잣집이라서 딸 하나는 수도원에 보내려고 굳게 마음먹고 있다고 덧붙여 부연 설명까지 했다.

내 옆에 바짝 붙어 앉아서 밥을 먹고 있던 영란은 데릴사위라는 말이 너무 좋다는 듯 양손으로 내 팔을 꼭 붙들고 행복한 미소를 연신 보냈다.

그때 찬모와 안주인도 영란이의 이러한 모습을 보고 말없이 함께 웃으셨다. 오늘 밥상머리에서 주인어른의 큰소리에 큰머슴은 더 이상 말을 못 하고 있었지만 언제가 그는 나에게 이런 말도 했다.

"영란이와 청보리밭에서 몇 번이나 붙어먹기라도 했느냐?"

"누가 누구랑 붙어먹어요? 여학교 졸업하면 수녀원에 들어갈 사람에게 함부로 말하지 마세요!"

"아니 뭐라고?"

"불경스럽게 그런 식으로 말해도 되나요?"

"그게 사실이냐?"

"평상시에도 말 좀 조심해서 하세요!"

"내가 끼니 때마다 밥상머리에서 너 때문에 밥맛이 다 떨어지기 때문에 그런다."

"매일같이 식사 때면 '꾸역꾸역' 잘 드시는 분이 밥을 못 먹어서 서운한가요?"

"내가 너 때문에 열 받는다."

"어렵고 힘든 처지에서 하루하루 살아가는 사람끼리 웃으면서 살아야죠."

"여자들 앞에서 발바리처럼 꼬랑지 '살랑살랑' 흔들고 다니기만 해 봐라?"

"똑바로 알고나 얘기하세요."

"그럼, 그럼, 잘 알고 말하는 거야."

"제가 강아지 새끼처럼 꼬리나 흔들고 다녀요?"

큰머슴은 괜스레 스스로가 열등감에서 오는 우울증이 한꺼번에 밀려드는 듯 나에게 강한 질투심이라도 발동하였는지 따지듯 묻다가도 주인어른께 그 말이 또다시 전해질까 봐 두려워서 그런지 입을 닫았다.

그건 그렇고, 어차피 상다리가 부러질 듯 푸짐하게 음식들이 가득 차 있는 식탁이다.

잘 차려진 음식 앞에서 영란이가 특별하게 내 앞에 가져다주지 않아도 마음껏 먹을 수 있는 음식들인데도 불구하고 한결같은 마음으로 그렇게 부담을 안기어 주기만 했다.

아무튼 무척이나 행복하고도 감사의 저녁 식사 시간들이다.

'저 녀석 주인어른 댁에 구멍이 숭숭 뚫린 벙거지 하나만을 쓰고 처음 왔을 때만 해도 얼마나 많이도 굶주렸는지 얼굴에 기미가 가득하고 갈비뼈만 앙상하더니, 이제는 귀공자처럼 신수가 훤하게 변했다'라고 사람들이 칭찬을 하지 않던가. 애송이 주제에 일 잘하고 먹성도 좋다는 것이다.

"신수가 훤하게 바뀌었어."

"얼굴이 번질번질하다니까?"

"정말 그러네. 부잣집 맏아들 같아."

"주인어른 집안 식구처럼 이름도 비슷하고 얼굴도 많이 닮은 거 모르나?"

"혹시, 다른 여인 품에 씨앗을 숨겨 두었다가?"

그것이 나로서는 칭찬인지, 비난인지 분간이 가질 않았다. 내가 무슨 단세포 생명체 아메바인가?

오늘도 나는 뙤약볕 아래서 장정들과 똑같이 일을 하고 있다. 아니 더 많이 더욱 열심히 하고 있기 때문에 견디기 힘든 하루하루의 시간을 보내면서도 그저 바보처럼 웃기만 할 뿐이다. 아무튼, 젊은 날 시간은 왜 그리도 더디게 흐르는지, 그러면서 어느덧 가을로 접어들고 있다.

뜨거운 영혼

한낮의 뙤약볕
시련의 결박 풀어져
비량(鼻梁)에
신선 가을바람 오는가
풋가지 잎새에 이는
바람
연한 피리새
콧노래 되어
고요히 잠들다

한낮의 타는 태양의
시새움 가운데
대추 열매 익어 가듯
연가(戀歌)의 뜨거운 영혼

실개천 물소리
굽이굽이 도니
신야(晨夜)에 더욱
정겹다

9. 심장의 고동 소리와 처녀의 가출

 찬란한 햇빛의 여명이 밝아 오는 이른 아침, 늦가을 간밤에 떨어진 누렇게 변질된 낙엽들이 여기저기 길 가장자리로 쓸쓸하게 나뒹굴고 있다. 나직한 싸리문이 반쯤 열려 있다. 꼭두식전이라 주막은 적막했다. 마당의 석류 나뭇가지에 주렁주렁 매달린 열매의 쩍 벌어진 입에는 석류 알이 빨갛게 익었다. 루비 보석같이 알알이 맺힌 석류 알의 빛깔이 참으로 곱다. 오늘따라 약간의 눈 화장에 입술은 고혹적이게도 붉은 장미꽃보다도 더욱 붉게 단장한 주모가 살며시 다가와 내 옆에 섰다.
 이때 누런 잿빛의 메밀잠자리 한 마리가 날개를 펴고 주위를 살포시 비행하고 있다. 다홍 치맛자락이 바람결에 살랑거리고 스르르 풀릴 듯 말 듯 한 연분홍빛 저고리의 옷고름이 내 눈을 어지럽게 만들었다.
 처음엔 눈인사만 건네다가 부드러운 모습으로 미소를 머금었다.
 "안녕히 주무셨어요?"
 "그래, 너도?"

은은하게 속삭이듯 웃음 띤 얼굴이다.

"참 예쁘지. 그런데 먹어 보면 새콤한 맛이 강하게 느껴질 거야."

"석류 열매 처음 봐요."

누님이 열매 하나를 따서 내 주머니에 살며시 넣어 준다. 그 순간 석류 이파리 하나가 사르르 떨어지더니 농익은 젖가슴 사이 속살 깊은 곳으로 숨어 버린다. 나는 그 이파리가 빨려 들어간 부풀어 오른 가슴을 뜨거운 눈빛으로 바라봤다. 그 순간 누님은 내 손을 은근슬쩍 잡더니 자신의 가슴에 가져다 댄다.

"이거 봐! 내 가슴에서 '두근두근' 하는 고동 소리를……."

"네……."

새빨간 입술, 주모의 살갑고 다정한 목소리에 한순간 온몸의 감각이 마비된 듯하다. 내 손이 가슴에 닿는 순간 신기하게도 옷고름이 스르르 풀렸다.

새색시 볼에 맺힌 은은한 미소가 머물듯이, 오래전부터 꿈결 속 감미롭게 다가선 연인이나 된 느낌이었다.

이내 새아기씨 적 앵둣빛같이 누님의 두 볼이 고혹적으로 변해만 갔다. 그 찰나 누님의 심장에서 들려오는 감미로운 선율에 얼빠진 듯 정신이 혼미해졌다.

심장의 고요한 미학 속에 취하여 모든 것을 다 잊고 무아도취(無我陶醉) 상태로 빠져들고 말았다.

그때 인기척도 없이 누군가 그림자처럼 다가와 힐끔 훔쳐보고 있는 사람이 있었다. 그 신비로운 열정에 찬물을 '확' 뿌렸다.

우리 옆에 불쑥 나타난 그와 눈이 동시에 마주치자 우리는 서로 겸연쩍은 듯 멍하니, 고요하게 흐르는 개울가만 보았다.

"이게 누구야?"

어색한 분위기 속에서 누님이 먼저 말을 건넨다.

"저, 병인이에요."

"헛기침도 없이 왔네."

"제가 장화를 질질 끌고 오는데도 모르고 계셨어요."

도리어 어이없다는 표정이다.

"그래?"

"아니, 그런데 왜? 메뜨게 걸어 다녀?"

"메뜨다는 말이 무슨 뜻이에요?"

"응. 그 말 몰라? 동작이 굼뜨기가 굼벵이 뺨친단 뜻이야!"

그때 밖에서 은은한 풍경 소리와 함께 소 울음소리가 들려온다.

"찰랑찰랑, 음매!"

"아니 소를 끌고 왔네?"

"오늘 짐을 많이 싣고 와야 되니까요."

이제 보니 병인이는 싸리문 밖에 소달구지를 세워 두고 주점 마당에 들어온 것이다. 그런데도 우린 혼이 빠져 정신을 놓고 있었다.

그는 술을 매우 좋아했다. 누님은 노란 주전자에 막걸리를 가득 담아내어 왔다. 그 친구 얼굴을 내가 한참 동안 물끄러미 바라보았다.

"아니 왜 그렇게 쳐다봐? 내 얼굴에 뭐가 묻었나."

"그래, 눈곱이 게딱지처럼 '다닥다닥' 붙어 있는데!"

"정말?"

"대가리 머리카락은 이리저리 서 있고."

"오늘 일하다 보면 몸이 엉망이 될 건데."

그가 손등으로 눈가를 비빈다.

막걸리를 대폿잔에 가득 부어서 단숨에 '꿀꺽꿀꺽' 들이켠다. 술이 목덜미를 타고 우렁차게 넘어가는 소리가 들린다.

"응, 나 며칠 동안 술 냄새도 못 맡아서 오늘 마수걸이라도 할 겸 마시는 거야."

"그래. 마음대로 실컷 마셔라."

툇마루에 걸터앉아 장화를 벗어 붙어 있는 흙을 '툭툭' 털

어내면서 넉살 좋게도 씽긋 한번 웃지만 나의 근사하고 멋진 분위기를 망친 친구의 웃음소리가 좋게 다가오지 않는다. 그는 잠시 무슨 말인가를 하고 싶어서 망설이며 '쭈뼛쭈뼛' 머뭇거렸다.

"너 주인의 큰집으로 장가든다고 하는 게 사실이냐?"
"쓸데없이 못할 소릴 하고 있네."
"나는 알고 있는 사실만 말한다."
"해장술에 취하면 애비도 몰라보는 줄 모르냐?"
"헤헤 하여튼, 무지 잘났어!"
"그래 잘났으니까!"
"우리가 뭐가 잘났냐? 그래서 네 팔자나 내 팔자나 오늘날 머슴 노릇이나 하지."

그는 내가 부잣집 규수와 장가라도 들게 되면 크게 한턱을 쏘아야 된다는 말까지 덧붙인다.

아직도 꿈결 속에 잠겨 있는 나는 누님의 포근한 치마폭에 감싸인 듯한 착각 속에 빠져 몽롱한 상태로 황금벌판에서 허리를 잇따라 굽혀 신나게 나락을 베고 있다.

어느덧 지평선 너머 석양이 질 무렵이었다. 저 멀리 흐릿하게 보이는 하늘가 아래 밤의 숨결 따라 산새들도 침묵의 잠자리에 들려 했다. 제법 사늘한 바람이 귓전을 스쳤다. 가을이 깊어만 가고 있는 것이다.

하루 일과를 마치자마자 낡아 빠진 주인어른 자전거를 타고서 읍내로 심부름을 갔다.

오랜 세월 속 자전거에서 들려오는 '삐거덕삐거덕'거리는 소리를 벗 삼아 어두워지기 시작한 밤길, 그것도 작은 돌멩이 자갈들이 널브러진 비포장도로를 달리고 또 달렸다.

읍내 장터, 사람으로 북적일 것으로 생각했으나 해가 저물어 파장이 되었는지 오고 가는 사람은 한두 사람뿐 한산했다. 철물점에서 주인어른이 시킨 물건을 구입하고 막 돌아서려는 순간 화살코를 가진 칠국이란 놈과 우연하게 마주쳤다.

"야! 너 읍내에서 만나서 너무 반갑다."

"그래."

그는 나를 보고는 무척이나 반가운 듯 환하게 웃음 지었다. 그러나 나는 왠지 불안하지 않을 수가 없다.

나와 저놈은 생각하는 것 자체가 비슷한 공통점이라고는 단 하나도 없는데, 왜? 자꾸 나와 친해지려고 하는지 그 이유를 모르겠다.

몽당연필과는 아주 형제처럼 흡사하게 생긴 화살코는 두 손으로 다정스럽게 내 손을 덥석 잡았다.

"혹시 야한 곳에 가자고 하는 것은 아니지?"
"아니야."
"빈대떡 잘하는 곳이 있는데 가 볼까?"
"시장기가……. 그래 가 보지."
잠시 머뭇거리던 나는 처음으로 그의 간절한 의사 표시를 받아 주기로 했다.
"아주머니! 빈대떡 한 접시하고 막걸리 한 주전자 주세요."
"응, 좀 기다려!"
선술집 아주머니는 화살코와는 잘 아는 사이인 듯 서로 친근하게 눈인사를 나누더니 잠시 후 녹두로 빚은 빈대떡과 대폿잔 두 개에 막걸리 한 주전자를 내왔다.
삼등 열차 칙칙한 기적 소리 감미롭게 귓전에 와닿는 기찻길 목로주점에서 분위기 좋게 소박한 막걸리 한 사발을 들이켰다.
저녁 식사 시간이 한참은 지난 시간이라 몹시 심한 시장기가 들어 마파람에 게 눈 감추듯 빈대떡 한 접시까지 순식간에 먹어 치웠다.
"너무나 잘 먹는데."
"맛이 너무 좋아서."
"한 접시 더 주문할까?"

"그래, 한 접시 더."

"아주머니! 여기 빈대떡 한 접시 더 주세요!"

화살코는 나와 함께 앉아서 막걸리 한잔 걸치는 것이 매우 기분이 좋은 듯 연신 환하게 웃었다.

"영기야."

"왜 그래?"

"너도 부잣집에서 죽도록 생고생하지 말고 나처럼 편하게 감독이라도 해야지?"

"화살코 너는 나이 많은 과부가 취향에 아주 잘 맞는가 보다."

머슴이 세 명이나 되는 과부댁의 일꾼인 화살코는 그 집에서 두텁게 신임을 받아 거들먹거리면서 감독만 하고 살아간다고 자랑을 자주 해 왔다.

아무튼, 생애 처음으로 막걸리 한 잔에 얼굴이 이내 화끈거리는 듯 취기가 들었다.

그러곤 무언가에 홀렸는지 그곳에서 몇 집 건너 아가씨들이 있다는 여인숙으로 화살코를 따라 들어갔다.

젊은 마담은 진한 얼굴 화장에 립스틱을 빨갛게 바르고 속살이 훤하게 비치는 얇은 옷을 걸치고 있다.

처음에 화살코는 실없이 농담을 던지더니 이내 사랑의 밀어를 나누는 듯 나지막한 목소리로 정답게 '하하 호호' 웃었다. 아주 가까운 연인 사이인가?

회심의 미소를 머금듯 '힐끗' 한번 나를 보더니 방으로 들어간다.

자주색 크리스털 수정처럼 반짝반짝 빛나는 섹시한 미모를 가진 여인이었다. 물결에 부딪쳐 흐르듯 격정적인 밤을 지새는 야한 여인들만 있는 곳인가?

잠시 후 그의 말대로 나는 어여쁜 여자와 방으로 함께 들어갔다. 아주 작고 보잘것없는 코딱지만 한 방에는 핑크빛 작은 전등 하나가 은은하게 비치고 있다.

그러면서 그녀는 너무 서두르지 말라고 했다. 그녀가 무심코 던진 말에 나는 발그스레한 얼굴빛이 되었다.

자신의 민감한 감각 기관의 흥분으로 인하여 잠깐 만에 그 방에서 나오고 말았다. 너무나 허무한 것 아닌가.

잠시 머뭇거리다가 화살코가 들어간 방문을 살짝 당겨 엿보았다. 조금 전 함께 들어간 섹시한 여인과 그는 아름다운 사랑이란 이름의 야한 향연에 깊이도 빠져들어 있다.

그 언젠가 봄날 화살코가 자신은 정력이 뛰어난 사람이라고 자랑 삼아 많은 사람들 앞에서 무심코 던진 말 한마디가 진정 사실이었던가?

'그런가 보다.'

나는 그 즉시 홀로 여인숙을 나왔다. 유혹으로부터 일탈의 시간을 잊고 싶었기 때문이다. 그러면서 참으로 뭔지 모르게 묘한 느낌과 함께 찜찜했다.

언젠가 사랑방을 매일같이 찾아온 월남전 참전 용사가 한 말이 떠오른다. 국제 매독이라는 성병에 감염된 자들은 한여름날 음식이 부패하듯 코가 썩어서 없어지거나 장가를 갈 수가 없게 된다고 하지 않던가.

그러한 생각이 아직도 흥분이 가시지 않은 내 심장에 찬물을 '확' 끼얹게 했다.

어찌 됐든, 한편으로는 무엇인가 알 수 없는 듯 허탈감이 한없이 밀려든다. 아무튼, 그러한 마음을 뒤로하고 희미한 수은등 불빛을 벗 삼아 자전거를 타고 사랑방으로 돌아갔다.

달빛이 침침하게 비치는 늦은 저녁 무렵 목에 깁스를 한 새신랑이라는 사람이 오랜만에 사랑방을 찾아왔다.

무슨 사고라도 당한 것인가 걱정스레 사랑방 사람이 안부를 물었다. 결혼을 한 지 이제 불과 한 달여밖에 안 되는 사람이 어찌하여 목을 다쳐 가지고 다니는가에 대한 사연을 그는 힘주어 말한다.

결혼 첫날은 아주 정숙하고 얌전하던 아내가 밤이든 낮이든 가리지 않고 요부가 된 듯 밝히는데, 이를 거부하고 이부자리에서 일어나려는 순간 두 손으로 신랑의 목을 감싸 안고 딱 들러붙어 떨어지지 않았다는 것이다. 밀어 내는 과정에서 경추가 갑자기 삐끗하여 병원에 갔더니 의사는 앞으로 최소한 6개월간 아주 조심하라고 당부했음에도 불구하고 새색시는 낮에는 잘 참고 견디다가 밤만 되면 기다렸다는 듯 오로지 뜨거운 사랑만을 고집하여 부부 싸움 끝에 친정으로 돌려보내려 했으나 거절하여 하는 수 없이 새신랑이 집을 나오게 된 것이다.

 자신은 더 이상 정력에 여력이 남아 있지 않는데도 불구하고 매일 밤마다 울면서 목매는 아내에게는 그 어느 천하장사도 더 이상 견딜 수가 없다는 것이다. 그러한 아내의 얼굴을 마주치는 순간 정신이 혼미해진다는 것이다. 아내가 미쳐도 단단히 미쳐 아주 비정상이라는 것, 처음에는 장가를 잘 들었다고 생각했으나 그것은 순간의 착각이었고 아내와는 궁합이 맞지 않아 더 이상 결혼 생활을 유지할 수 없다는 것이다.

 목을 다친 신랑에게 밤을 새워 가며 뜨거운 사랑만 고집하다가는 남편의 목을 아예 부러뜨리고 후회하게 될 것이라는 걱정 반 웃음 반이다.

 "전혀 궁합이 맞지 않아."
 "그래요. 궁합이 왜 안 맞아요?"

"새색시와 잠자리도 사랑스럽게 해야죠."
"아내가 너무나 밝히니까?"
"보약은 새신랑이 먹으면 되겠네요?"
"보약 가지고 될 사람이 아니오?"
"사탄의 지옥문을 잘못 열었다니까!"

그러나 그는 결혼하기 전에 자주 사랑방에 들러 여자만 보면 무척이나 껄떡대는 말을 수시로 하지 않았던가. 그런 사람이 결혼 후에는 발길을 끊어 신혼살림의 단꿈에 깊이도 빠져 있나 했더니만 실상은 요부를 만나 병신이 다 되어 가고 있었다.

특히 자신의 손에 현금 100만 원이 있다면 카사노바처럼 여자를 10명 정도는 거느릴 수 있다고 사랑방에서 요란하게 호언장담 허세를 부리던 그가 새색시 하나를 행복하게 만족시켜 주지 못하고 경추를 다쳐 목에 깁스나 하고 있다는 것에 대해 우리 모두가 황당하다는 반응이다.

얼마간의 시간이 흐른 후 이른 아침, 잠에서 깨어나 사랑방 문을 열고 막 나서려는데 언제가 주인의 지시에 따라 장로님의 맏형님 집에서 일을 하면서 인연이 되었던 그 어르신께서 문지방 앞에서 나를 기다리고 있지 않은가.

"아니! 어르신 어쩐 일로 또다시 오셨나요?"

"내 딸 영인이가 보따리 싸서 도망을 쳤다네."

"뭐라고요? 아니, 또 도망을 쳐요? 또 서울로 갔나요?"

"누가 그걸 알겠나?"

"그 당시 마음을 안정시켜 보려고 노력을 했었는데요. 제가 우려했던 일이 터졌군요?"

노인은 몹시도 당황한 표정으로 어쩔 줄 모르고 허둥지둥 말을 잇지 못했다.

겨우 마음을 다잡고 조용하게 집에만 있던 딸년에게 역마살이 어쩌고, 관상학적으로 아주 나쁜 액운을 가진 얼굴이라고 헛소리를 지껄인 삿갓을 쓴 그자의 말에 겁을 먹고 놀랜 처녀가 오랫동안 침울한 상태에서 눈물만 짓고 있다가 보따리 하나 싸서 오밤중인지 새벽녘인지 말없이 집을 또다시 나가 버렸단다. 삿갓을 쓰고 다니는 방랑객은 시인도 아니고 가짜 땡추가 아니던가?

그렇지 않아도 아주 예민한 처녀에게 역마살(驛馬煞) 운운하며 시집가면 남편 잡아먹을 액운이 따라다닌다는 둥, 정신 상태가 나약한 처녀의 마음을 갈피를 못 잡게 혼돈 상태로 꾀어서 가출하게 만든 사건의 범인이 삿갓을 쓴 방랑객이라니. 그자를 다시 만나게 되면 요절을 내겠다.

"내 딸년 왜 이리도 속을 썩이는지."

"참으로 안되었네요."

"젊은이가 한번 생각해 보게나?"

"집안의 가장인 무남독녀 외동딸이 그러면 안 되죠."

"내 딸년이 또다시 집을 다시 나간 거 말일세."

"제가 무엇을 아나요? 하지만 양갓집 규수가 어찌하여 그러나요?"

굳게 마음을 다잡고 얌전하게 집에만 있던 다 큰 처녀가 또다시 가출했다. 지난날 함께 도망친 세 명 중 두 처녀는 지금도 집 안에 얌전하게 마음잡고 살아가는데, 유일하게 노인의 딸만 또다시 도망을 간 것이다.

노인은 나에게 또다시 사설을 늘어놓았다.

딸자식 하나 낳고서 얼마 아니 되어 아내가 일찍 죽고, 노인 혼자서 여기저기 동네를 전전하며 젖을 구해다가 애처롭게 키운 딸이다.

"내가 심청이 아비처럼 동냥하여 젖을 구해다가 애지중지 키운 딸일세!"

"어르신께서 딱하게 기르신 따님이네요."

"한세상 살아가는 것이 힘이 든다네."

"어린애도 아닌 성인 아닌가요?"

"그렇기는 하네만."

내가 노인의 두 손을 다정하게 잡고 건네는 말에 노인의 눈가에는 이슬이 맺혔다. 잠시 동안 말을 잇지 못하던 노인은 또다시 푸념을 늘어놓았다.

"남들은 나보고 부잣집이라고 부러워하나 부자면 뭐 하나, 하나밖에 없는 딸자식이 저 모양이니……."

"네, 어르신 마음고생이 무척이나 심하시겠어요."

양갓집 외동딸 규수가 어찌하여 닳아 빠진 벙거지처럼 그토록 헐렁헐렁한 인생을 살아가고 있는가. 몸매 체형도 아주 좋고 얼굴 생김새 이목구비의 비율이 뚜렷하게 아름다운 처녀라고는 하나, 정신 상태가 너무 허약한 것만은 틀림없다.

이른 봄날 1차로 치맛자락에 심하게 바람이 들어 맑은 영혼이 빠져나가 홀로 계신 아비의 속을 푹푹 썩이고 있는 처녀가 아니던가.

챙이 넓은 대나무 삿갓을 쓴 자가 혹시나 우리 딸을 꼬셔 가지고 도망가지 않았나 하는 의심까지 하고 있는 노인이다.

노인이 자신의 딸에 대한 어떠한 의심을 하고 있는지에 대해 내가 알고 있는 좁은 식견으로는 어김없는 불변의 법칙 하나가 있다.

즉, 다 큰 처녀가 앵두나무 우물가에서 바람이 들어, 상식에 벗어난 행동을 시작하게 되면 그게 어디 온전한 정신이겠는가.

  1차 서울로 도망을 한번 가게 되면 다시 2차고 3차고 연달아서 도망가고 만다는 게 기본적인 철칙이라 할까. 물론 예외라는 것은 언제 어디서나 존재하겠지만 아무튼, 규수가 바람나서 홀로 어디론가 도망을 쳤던, 아니면 삿갓 쓴 방랑객이 꼬드겨서 함께 살림을 차리려고 도망을 갔던 간에 한번 먹은 마음을 어찌하여 되돌릴 수 있겠는가.

  그것은 세상사 어김없는 중요한 이치라는 것이다.

  하지만, 웬일인지 내가 큰 죄인이라도 되는 듯 무척이나 가슴이 아파 왔다.

"저에게 뜨끈뜨끈한 물로 목욕까지 시켜 준 처녀죠."

"그랬던가?"

"제가 어디에서 그런 정감 어린 대우를 받아 보았겠습니까?"

"우리 딸이 따스한 마음은 간직하고 있지만……."

"저에게는 다시 없는 고마운 규수죠."

"우리 딸이 한의사가 되겠다고 한의학 공부도 많이 했지."

"한의사요? 저는 재미 삼아 중국 한의학 책을 읽는 줄로만 알았죠."

"아니지. 한의학은 거의 통달 수준이지."

"저는 그 정도 무아의 경지에까지 올라선 줄은 전혀 몰랐어요."

"아무튼, 자네는 다시 보아도 참 좋은 사람일세."

"사실 저에게는 데릴사위 자리가 감지덕지 분에 넘치는 자리였지요."

처녀의 가출에 대해서는 죄책감이 나 자신을 너무도 슬프게만 한다. 데릴사위가 되어 달라는 홀아비 노인의 간절한 청을 사실상 거절하게 된 나의 책임이 너무 크다고 여겨지기 때문에 남의 일이 아닌 것처럼 괴롭기만 하다.

그렇다고 어찌할 것인가? 미성년자가 가출한 것도 아니고 20세가 넘은 성인이 되어 자신이 가고 싶은 곳에 가서 살겠다는데, 누가 그 의지를 꺾을 수가 있단 말인가.

양지바른 곳에서 아주 잘 자라는 노란색 개나리꽃 그 꽃말처럼 기다림의 설렘 속에서의 희망이라는 새로운 시작을 알리는 긍정의 의미를 지닌 개나리꽃, 내년 이른 봄이 되면 다시금 좋은 소식 하나 오겠지.

꽃이 필 때쯤, 신비스러운 봄날 우리 다시 만나겠지.

10. 밑창이 닳아 빠진 군화

　서편 산봉우리에 먹구름이 몰려오는가 싶더니 굵은 빗방울이 후드득 떨어지기 시작한다. 비구름이 몹시도 검게 드리운 하늘가 초저녁에 떠오른 달은 이내 사라지고 시야는 어둡기만 하다. 스산하게 불어오는 바람과 함께 오락가락 내리는 빗속에서 길을 재촉하고 있다.

　작은 자갈들이 널브러져 있는 신작로길 꺼질 듯 말 듯 한 희미한 가로등불 하나, 그 아래 여기저기 낙엽들이 하나둘 나뒹구는 외롭고 쓸쓸하기만 한 거리를 지나 읍내 지서 앞을 지나던 중 지서 현관 앞에서 담배를 꼬나물고 서 있던 순경과 눈이 마주쳤다.

　이마가 훌떡 까지고 얼굴 양미간이 떡 벌어진 순경은 자전거를 빠른 속도로 달리고 있는 나에게 멈추라며 손으로 신속하게 지시를 내린다.

　그는 나에게 지서 안으로 들어가라고 손짓으로 다시 명령한다.

　군부 독재 정권 시절이다. 그저 순경만 보아도 가슴 깊이 밀려드는 공포감에 무서워 어쩔 줄을 모르던 시절이다.

'아니! 혹시 죄도 없는 애먼 사람 잡으려고 하는가?'

"너, 저기 앉아 있어!"

"왜요?"

순경은 지서 사무실 내 한쪽 벽 앞에 놓여 있는 나무로 만든 긴 의자에 앉으라고 나에게 지시를 내린다.

"저를 왜 연행하는가요?"

"앉으라면 앉아 있어."

긴 의자에 앉아 놀란 눈동자로 멍하니 두리번거렸다. 내가 앉아 있는 긴 의자에서 대각선에 배치된 낡은 구닥다리 누런 책상에 앉아서 무엇인가를 펜으로 열심히 적고 있는 한 사람의 얼굴만을 빤히 쳐다보고 있다.

눈빛은 차갑고도 냉혹할 뿐만 아니라 말 한마디 없는 그 입술은 부어서 터질 듯이 두툼하고 하관은 볼썽사납게도 쑥 아래로 내밀고 있다.

또한 언제나 비가 들이칠 정도로 콧구멍은 돼지와 너무나 기가 막히게 똑같았다.

그자의 얼굴만을 뚫어지도록 감상하고 있던 중 밑창이 다 낡아 빠져 너덜너덜한 군화를 신고서 사나이 한 명이 뚜벅뚜벅 지서 안으로 들어섰다.

그는 술이 거나하게 취한 상태에서 한쪽 다리가 짧은지 아니면 탈이 난 건지 심하게 기우뚱거린다.

그리고 눈알을 좌우로 굴리면서 남루하고 초라한 옷을 걸쳐 입고 있는 나를 '힐끔힐끔' 보더니 욕설을 해 댄다.

"이 새끼 어디서 굴러먹다 온 놈이냐?"

"왜, 그러세요?"

"이 자식 너 어디에 사냐?"

그자는 추궁하듯 질문만 던지고 내가 대답도 하기 전에 또다시 미친 듯이 떠들고 있다.

"야! 이놈 이거 쓰레기 같은 양아치 아닌가?"

"아니! 뭐라고요?"

"어! 이놈이 감히 말대꾸까지 하네. 나에게 애원을 해도 봐줄까 말까 하는데 이놈이 감히."

"당신은 누구인데 내게 행패요?"

"다 떨어진 벙거지를 모자라고 쓰고 있네."

"내 모자가 어때서요?"

"쓰레기통에서 주워서 쓰고 다니는구먼!"

그자는 몇 군데 구멍이 뚫린 벙거지를 내 머리에서 벗기더니 군홧발로 짓밟았다.

'아니! 벙거지가 저놈에게 해코지라도 했던가? 왜 죄도 없는 남의 모자를 벗기더니 짓밟고 난리인가?'

나는 침묵의 시간 속에서 그자가 하는 행동만을 그저 명상에 잠긴 듯한 표정으로 지켜볼 뿐 아무런 대처 방법이 없었다.

그자는 다시 내 앞으로 다가오더니 다짜고짜 무릎 정강이를 발길로 호되게 걷어찼다.

"이 새끼가 삼류 양아치구먼!"

"네 놈이 양아치다."

"이 새끼가 또 말대꾸네."

그러면서 깡패 놈은 잘난 체 순경의 얼굴을 쳐다봤다. 그러나 순경은 주둥이가 부어터진 것인지 말없이 훔쳐보듯 헬끗헬끗 보고만 있다.

"왜? 군홧발로 걷어차는 거요?"

"이 자식이 또 말대꾸네."

"이게 또 걷어차고 있네."

"좀 더 맞아 봐야 정신을 차리지?"

"제발, 그만 좀 때려라!"

"머리통엔 쓰레기만 가득한 새끼 주제에."

"누가 쓰레기냐?"

깡패는 빈정거리듯이 '피식피식' 재미있다고 웃어 가면서 수 없이 내 정강이를 군홧발로 걷어찼다. 이유도 없이 마구잡이식으로 남을 때리면서 환희의 희열(喜悅)을 깊이도 느끼고 있는 듯 폭행은 이어지고 있다.

그렇다고 아프단 말도 못 하고 지서의 한쪽 벽만 응시했다. 이놈이 내 인내심이 얼마나 오래가는지를 시험하고 있는 것 같았다. 나의 머릿속에서는 그놈의 머리통을 한순간에 날려 버리고 싶은 생각이 홍수처럼 밀려들었다. 그러면서 한편으로는 심각한 상황을 웃으며 즐기고 있는 눈빛이 차갑고 냉혹한 국방색 옷을 입고 있는 순경 놈의 눈탱이를 발차기로 밤탱이로 만들어 버리고 싶은 충동까지 들었다.

'도대체 굵은 빗방울 속에서 자전거 타고 지나가는 사람을 이유도 없이 체포해 놓고 이게 무슨 날벼락인가? 서쪽 하늘가 먹구름이 잔뜩 낀 날이 개 같은 날의 오후인가!'

무릎 정강이를 계속해서 맞고만 있기에는 나의 정신적, 육체적 고통의 한계가 이미 넘었다. 인내심의 한계에 직면하여, 지서 안에 있는 순경이든 깡패든 한순간에 날려 버릴 생각에 앉아 있던 의자를 박차고 몸을 일으켰다.

그때였다. 그 순간 행패의 침묵을 깨기라도 하듯 지서의 현관문이 '삐꺽' 소리를 내며 열렸다.

여러 가지 오물이 묻은 옷, 행색이 남루할 뿐만 아니라 며칠을 굶주렸는지 얼굴이 파리해 보이는 어린 소년 세 명이 다른 순경에 의해 붙들려 지서 안으로 끌려왔다.

어린 소년들은 경찰에 왜 끌려온 건지 그 까닭도 모르는 듯 얼떨떨한 표정을 짓고 있다.

"아니, 형님!"

"……."

"이것들은 또 뭐요?"

"이놈들 오늘 잘 걸렸다."

특별한 이유도 없이 행패를 부리는 못된 폭력배 같은 깡패는 한쪽 발을 뒤뚱거리면서 신바람이 났다.

그자는 순경과 아주 각별한 사이라도 되는 듯 모든 것이 자기 뜻대로이다. 곧장 책상 서랍에서 열쇠 뭉치를 꺼내더니 무기고에서 M1 소총을 꺼내 한 정씩 어깨에 둘러멨다.

그때 하관이 아래로 도톰한 순경이 한마디 한다.

"야! 너 오늘 총은 왜 꺼내들고 난리냐?"

"이놈들 혼 좀 내려고요."

밑창이 닳아 빠진 군화를 신고 있는 사나이는 '피식' 하고 웃음 한번 짓더니 어린애들과 나에게 무거운 장총을 머리 위로 들고 서 있으라고 총을 한 정씩 손에 쥐여 준다.

"야! 이 새끼들아 총을 손에 들고 머리 위로 손 올려! 똑 바로 들고 서 있어, 이 자식이 어정쩡하게 놀고 있네."

제2차 세계대전과 6.25 한국전쟁에서 사용했던 반자동 M1 소총, 그 실물을 처음으로 보았고 영문도 모른 채 지서 안에서 순경 쪽을 바라보고 머리 위로 손에 장총을 들고 벌서기를 하고 있다.

그래도 순경은 술에 취한 건달의 행동에 아무런 제지를 하지 않고 담배를 연신 피워 대면서 책상에 앉아 무엇인가 서류를 검토하며 기록하고만 있다.

'군부 독재 치하에서 저런 자가 민중의 지팡이 노릇을 하다니, 경찰 무기고 열쇠를 깡패 마음대로, 경찰 무기고를 깡패가 점령했다.'

그러한 생각을 하면서 나는 그저 소리 없이 바라만 보았다.

그리고 한참의 시간이 흘렀다. 지서의 벽에 걸린 시계가 어느새 밤 12시로 향하고 있다.

며칠은 굶주린 듯이 보이는 소년 하나가 팔이 아프다고 무거운 M1 소총을 무릎 위에 내려놓았다.

그 무게가 4kg 이상이고 길이도 1m 10cm이다. 건장한 성인이 어깨에 메기도 버거운 무기를 손에 들고 서 있기가 아니 힘들겠는가?

읍내 깡패 같은 자의 걸음걸이는 한쪽으로 기우뚱하며 심한 파도로 인해 침몰 직전인 배와 같은 자세였다. 어느 쪽 다리 하나가 균형이 잡히지 않는 걸음걸이로 총을 내려놓은 소년 앞에 험상궂은 얼굴로 눈알을 사납게 부라리며 부리나케 다가섰다.

"야! 이 새끼가 누구 맘대로 총을 내려놓는 거야? 아니! 내가 안 보는 사이에 꼼수를 부리는 거야? 이 자식이 감히 눈깔을 어디서 까뒤집고 나를 쳐다보고 있네."

소리를 치더니 발가락이 보이는 너덜너덜한 군홧발로 소년을 짓밟고 구타하기 시작했다.

"이 새끼가 나하고 장난치자고 하네. 아주 간땡이가 부었구나? 이거 꼬맹이가 빨갱이 새끼구먼."

그런 후 머리채를 붙잡고 힘껏 바닥에 내동댕이쳤다.

어린 소년의 이마에서는 붉은 피가 흘러내리고 있다. 나를 포함한 다른 소년들도 겁에 질려 있다.

스스로가 열이 받은 깡패는 화가 머리끝까지 올랐는지 소총 개머리판으로 나와 어린아이들에게 머리 위에서 아래쪽으로 내리찍어 버릴 듯한 모션을 취하기도 했다.

그러한 매우 절박한 상황을 보고 있던 순경은 부서지고 깨진 난파선 같은 사나이에게 친근하고 편안한 억양으로 말을 건넸다.

"어이! 자네 그만하고 돌아가서 잠이나 자라."

"히히, 형님?"

코끝이 붉은 색깔로 변질된 깡패 같은 자는 순경에게 잘난 체 거들먹거렸다.

"형님?"

"왜?"

"내가 경찰은 아니지만 불량배 잡는 게 최고 선수가 아닌가요?"

"흐흐, 낄낄낄."

깡패는 지서 안을 웃으면서 어지럽게 휘젓고 돌아다니더니 밖으로 휙 하고 나가 버렸다. 그자가 사라진 후 나는 지서 바닥에 나뒹굴고 있는 벙거지를 주워서 잠바 주머니에 넣었다.

이후 얼마간의 시간이 지나서야 나는 처음으로 말문을 열었다.

"순경님! 제가 뭘 잘못했나요?"

"……."

국방색 전투 경찰대 차림새의 순경, 줄담배를 피우고 있는 그는 책상 위에 놓여 있는 재떨이에 담배꽁초를 손가락으로 짓눌러 연달아 끄고만 있을 뿐 전혀 반응이 없다.

나는 화가 치밀어 올랐지만 꾹 참았다.

'아니 왜?'

어찌하여 차갑고 어지럽게 쏟아지는 빗속에서 급하게 자전거를 타고 지나가는 사람을, 아무런 혐의점도 없는 나를 이유도 없이 불법으로 체포해 놓고 정신 이상자 깡패에게 수없이 얻어맞게 하는지. 아까부터 부글부글 열이 끓어올라 더 이상 견딜 수가 없었지만 참을 수밖에. 그러나 이렇게 당하고만 살 수는 없지 않은가.

'순경이라고 잘난 체 거만을 떨고 있는 자, 한 줌도 안 되는 교만한 돼지코 같은 자…….'

내가 비록 국가 공인 태권도, 유도, 합기도, 중국 무술 단증은 없지만, 종합 무술 5단 이상의 실력이 있다고 나를 가르쳐 준 산속의 스승님 등 모든 사람들이 인정하지 않았던가.

나는 그동안 무예 실력을 수없이 자랑 삼아 많은 사람들 앞에서 중국 무술의 달인 이소룡이나 된 듯 잘난 체 시범을 보이기도 했다. 또한 높은 바위산을 뛰어오르며 거침없이 허공으로 날듯 무도 수련을 받아 왔었다.

그러나 현재 내 자신이 처한 직업이라는 자리, 그 주제 파악이 너무도 가슴속 깊이 각인(刻印)되어 있었다.

다시 한번 더 용기를 내서 말을 건넸다.

제가 잘못을 한 것이 없기 때문에 이제는 집에 가겠다고 공손하게 고개를 숙이면서 말하고서는 머리 위로 들고 있던 소총을 긴 의자 위에 조심스럽게 내려놓았다.

그러자 이마에 잔주름이 진 늙수그레하고 주둥이가 삐죽 나온 자는 무표정한 얼굴로 담배를 연신 입에 물고선 나를 눈깔을 상하좌우로 굴리면서 한참 동안을 뚫어지게 주시하고 있다.

그때, 현관문을 열고 지서 안으로 키가 훤칠하고 미끈하게 잘생긴 경찰관이 들어서더니 나를 바라본다.

"밖에 세워 둔 자전거 주인인가?"

"네, 제 자전거예요."

"집에 그만 돌아가도 좋아."

멋지게 생긴 경찰관은 내가 아무런 잘못도 없이 연행되어 온 것을 묻지도, 보지도 않고서 모든 것을 다 알고 있다는 듯이 말했다.

"네, 감사합니다."

"너희들도 집으로 돌아가라. 어린애들은 누가 데려다 놓은 거냐?"

"……."

핸섬하고 당당한 경찰관은 낡아 빠진 누런 책상 앞 의자에 앉아서 줄담배만 연달아 피우고 있는 하관이 두툼하게 뛰어나온 입술을 가진 순경에게 일사천리로 지시를 내린다.

"바닥에 웬 핏자국 선명하게 묻어 있나? 총은 왜 꺼내 놓은 거야?"

"아니, 그게……."

"오밤중에 감사실에서 무기 점검이라도 나왔나?"

"아니요."

"아닌 밤중에 홍두깨도 아니고, 이 사람이 도대체가 정신이 있나?"

그러면서 책상에 그렇게 앉아만 있지 말고 당장 일어나서 청소 좀 하라고 명령한다. 그리고 굳게 닫혀만 있던 창문을 모조리 열고 매캐한 담배 연기로 찌든 사무실 안의 공기를 환기시켰다.

참으로 막힘없이 시원스러운 행동과 지시로 잘못된 것들을 바로잡았다. 공명정대(公明正大)한 경찰관은 조금도 사사로움이 없고 마음씨 또한 깨끗했다.

"하나도 아니고 여러 정의 총은 왜? 당장 무기고에 입고시켜."

"예."

며칠을 굶주린 듯 뼈만 앙상한 세 명의 어린 소년들, 그중 한 아이는 두려움 속에서 얼마나 겁을 집어먹은 건지 온몸이 사시나무처럼 아직도 떨고 있었다.

조금 전 미친 깡패의 군홧발에 짓밟힌 한 소년이 찢어진 이마에서 흐르는 피를 옷소매 끝자락으로 닦으면서 밖으로 나갔다.

참으로 황당한 사건일 뿐만 아니라 심각한 인권 침해가 아닐 수 없다.

읍내에서 우연하게 화살코라는 별명을 가진 칠국이를 만

나, 성적 문란에 타락한 것도 그렇고, 이것이 숙명적으로 일어난 사건이 아닐까?

범죄 혐의점 하나 없이 불법적으로 체포를 당하고 그것도 모자라 지서 안에서 술에 취한 자에게 군홧발로 정강이를 수차례 채이고 그뿐만 아니라 M1 소총을 한 시간이 넘도록 머리 위로 들고서 고문을 당한 꼴이 참으로 한심하기 짝이 없었다.

군홧발로 수없이 걷어차인 무르팍 정강이 옷을 들춰 보니 시퍼렇게 피멍이 들어 있다.

군홧발로 차인 곳을 또 까고 또 까고 그리도 당했으니 상처가 심할 수밖에 없다.

'그렇다고 어찌할 것인가?'

긴 소총 개머리판으로 내리 찍히지 않은 것만도 참으로 다행이라고 생각될 뿐이다.

누더기 같은 미제 군복에 너덜너덜한 군화를 신고 있는 깡패와 경찰이 한통속이 아니고서야 어찌 지서 순경들이 그 깡패에게 '형님! 형님!' 소릴 들어 가며 폭행하는 장면을 코앞에 앉아서 못 본 체만 하는 것인가.

그것보다도 젖비린내 풍기는 어린애들, 며칠을 굶주렸는지 뼈만 앙상한 애처로운 어린아이들이 지서 안에서 개 패듯이 구타를 당해도 순경이라는 자는 아무런 느낌도 표정도 없지 않던가.

  열 살 정도 되어 보이는 그 애들이 나의 동생들인 듯 가냘픈 마음에 눈시울 적시며 내 눈에 아른거렸다.

애잔한 시선

꾸밈 없는 고요한 관조
동심 나라 어린아이들
낯설지만 처음 조우했다

여리고 가냘픈 아이들
그 초롱초롱한 눈망울
그리고 쓸쓸한 뒷모습
오늘따라 참으로 애잔하다

우리 함께 피를 나눈 바
없으나
쓰리도록 아픈 시선으로
왠지 나의 작은 가슴이
외롭고 쓸쓸함 속에서
애처롭고 아리도록 섧다

그러나 나의 감정에서는 슬픔도 사라지고 눈물도 나지 않는다. 그저 가슴 깊숙한 곳에서 아리듯 아픔만이 맴돌고 있을 뿐이다. 순간, 학교를 중퇴하게 된 깊은 사연이 떠올랐다. 찢어지게 가난한 집안, 아버님께서 힘든 머슴살이를 하면서 미리 선새경을 받아 왔기에 그 돈으로 등록금을 납부하고 학교에 다니기 시작했다. 그러나 수업료를 납부하지 못해 교무실로 불려 가 매일 손을 들고 서 있기가 일쑤였다.

"또 교무실로 불려 가네."
"그러게, 쪽팔리는 줄도 모른다니까."
"나 같으면 학교 그만두지!"
"저 새끼 얼굴 좀 봐, 철판 깔았나?"
"그래, 한심한 새끼야."
"저 자식이 학교에서 1등이야."
"저놈이 먹던 도시락 봤냐?"
"응, 개밥."
"저놈, 상거지새끼야!"
"억! 토할 것 같아."

초등학교 때부터 처음이자 마지막, 어머님께 사정사정 간곡하게 부탁드려 오로지 단 한 번 싸 간 도시락이 개밥보다 못한 것으로 평가되어, 깨끗하게 다 비우질 못하게 되었던 시절이 있었다.

결국, 망신에 개망신을 당하면서까지 버티다가 수업료를 내지 못하고 학교에서 쫓겨나고 만 것이다.

그 후 지게를 지고서 산과 들녘 또는 우시장이든 공사판이든 몇 년간 장돌뱅이 같은 생활을 전전하였다.

그때마다 교복을 입은 친구들과 혹시라도 마주칠까 하는 두려움 속에서, 무슨 큰 죄라도 저지른 놈처럼 항상 숨어 다녀야만 했다.

그리고 이곳에 와서 머슴이라는 삶을 이어 가고 있다.

"머슴 놈 주제에……."

혼잣말로 스스로를 책망하다가 한번 웃고서 하늘을 바라보니, 갈잎처럼 하나둘 떨어지고 있는 낙엽들, 산기슭에서 스산하게 불어오던 바람도 비도 멎고 달무리가 드리워진 고요한 밤하늘의 무심한 별빛만을 응시한다.

항시 고맙게도 사랑을 주기만 하는 저 별나라를 고개 들어 하염없이 바라보지만, 자신이 겪기에는 하루하루가 힘든 삶이 아니던가? 하지만 언제나 그리했듯이 하늘의 별들은 너무나 곱고 아름답게도 작은 나를 넓은 품 안으로 사랑스럽게 반기어 주기만 한다.

길을 잃은 나그네 영혼이 언제쯤이나 집으로 돌아가려나? 저 수많은 별들 사이로 나를 애처롭게 바라다보는 영롱한 별

하나가 있다. 젖먹이 때부터 자장가를 불러 주며 키워 주신 자애로운 외할머니의 얼굴이 별들 사이로 스쳐 지나갔다.

외할머니 레퍼토리

동지섣달 차갑고도
매서운 설한풍 속에서
창호지(窓戶紙)로 바른
문풍지(門風紙)를
바람이 몹시도 세차게
스치고 지날 즈음이다

자장가로 어린 손자에게
들려주던 외할머님의
애절한 노래 한 곡조

〈보랏빛 무지개
피어난 강 너머 어딘가에
파랑새가 날아가고 있지요

저 하늘 곱고 빛나는
별에게
간절한 소원 하나가 있다

고운 새들은 무지개 넘어
한가로이 날아가는데
우리 손자 씩씩하고 건강하게
해 달라는 간절한 소망〉

외할머니께서 부르던 노래는
언제나 똑같은 레퍼토리(Repertory)로
창작된 아름다운 노래이다

11. 화살 같은 매서운 시선

　하얀 줄무늬 구름이 떠가는 산야의 낙엽들도 하나둘 갈잎처럼 흩어지고 있는 어느 가을날, 별이 별 도깨비처럼 해괴하고 음흉한 사건이 연출되고 있었다. 평화롭고 조용한 주인집에 웬 도둑이 들었을 뿐만 아니라 주인의 어린 딸 영미를 폭행, 기절시켜 강간한 사건까지 발행하였다.
　사건은 한밤중에 발생한 것으로 하나같이 주인어른과 안주인이 주일날 밤에 교회에 간 사이에 벌이진 일이다.
　매주 일요일이면 함께 예배당에 다니던 나는 사건이 발생하던 날, 공교롭게도 하필이면 늦게까지 논밭에서 일하느라 교회에 따라가지 못했다.
　'까마귀 날자마자 배가 떨어진다'라고 하는 교훈처럼 오비이락(烏飛梨落)이 아닐 수 없다.
　주인이 서랍장에 숨겨 둔 현금 10만 원이 흔적도 없이 사라진 사건이 일어나고 얼마간의 시간이 지나서 둘째 딸 성폭행 사건이 발생한 것이다.
　사랑방 사람들은 서울로 도망친 종범이가 도둑인가 아니면 내가 도둑놈인가라는 의심의 눈초리를 차갑게 보내고 있지만, 청상과부와 눈이 맞아 도망친 종범이가 이곳을 떠나간 지가 언제인가? 주인어른 집에 도둑이 침입했다는 날짜와는 전혀 앞뒤가 맞지가 않았다. 그래서 사실상 도둑질한 놈은 내가 유력한 범인이라도 된 듯 얼음장처럼 매서운 눈초리로 모두가 주시했다.

 실체적 진실이 아닌 것이 참인 것처럼 분위기가 이상하게 돌아가고 있다.

 하지만 나는, 큰머슴을 포함하여 집안 식구들 중 한 명이 도둑질한 범인으로 분명 내부 소행이라고 미루어 추론(推論)해 본다.

 이러한 분위기 속에서 둘째 딸 성폭행 사건이 발생하게 되어 사랑방이 온통 발칵 뒤집혔다.

 성폭행 사건까지도 모든 이들은 내가 범인이라 지목하고 꼭 집어서 단정하였을 뿐만 아니라 확신하기에 이르렀다.

 안방의 장롱 서랍장 깊숙이 숨겨 둔 100장짜리 현금 한 뭉치가 흔적도 없이 사라진 사건, 거액의 돈이 사라진 행방, 그 시선의 화살도 모두 나에게로 향하고 있다.

 쌀 열 가마니 값에 해당하는 돈을 훔쳐 간 것도 모자라 내 딸까지도 강간했냐고 심문하듯 물어보는 데는 어이가 없어 말 한마디 못 했다. 밥이 목구멍으로 들어간 건지도 알 수가 없다.

그렇다면, 사건의 실마리를 어디에서 찾을까? 매일같이 의문에 의문이 꼬리를 물고 내 뇌리 속에서 맴돌았다.

칠흑같이 어두운 일요일, 한밤중 불시에 일어난 강간 사건은 더 이상 나를 참을 수 없는 정신적 고통의 나락으로 몰아넣었다.

며칠 밤 동안, 불안하게 새우잠을 자면서 범인이 누구인가 애간장을 태우고 번민케 만들었다. 더 이상은 억울해서 머슴살이도 못 해 먹겠다는 생각에까지 이르렀다.

그러던 어느 순간, 언젠가 사랑방에서 영란과 영미에 대해 말을 꺼냈던 자의 모습이 뇌리를 스치고 지나갔다.

동네 골목대장인 척 큰소리치면서, 떨거지 일꾼들은 가소롭다는 듯 낮잡으며 차가운 시선의 눈초리로 던진 한마디의 말이 기억났다.

혹시 그자가 성폭행 사건의 핵심 범인이 아닐까?

하루 일과의 끄트머리에 다가서면 내 몸은 파김치가 되어 있으나 정신력 하나로 버티며, 은밀하게도 어둑어둑한 밤 시간이 되면 며칠 간 그자의 집 마당 내부로 들어가 주위를 비밀스럽게 탐문하며 살펴보았다.

하늘에는 비구름이 드리워 둥근 달무리가 진 어느 늦은 밤, 그자의 대화 내용 중에 특이하고도 흥미로운 정보를 입수했다.

어두침침한 방 안, 창호지로 바른 집 안에서 술에 취한 듯한 목소리 하나가 들렸다. 동네 처녀들에게 못된 짓거리를 하겠다고 유들유들 넉살 좋게 웃으면서 말하는 대화 내용이었다. 몇 달 전 서울에서 내려왔다는 그놈의 목소리가 분명했다.

아침나절부터 들판에서 일하던 중 논고랑 가장자리에서 흐르는 물에 손을 씻고서 주인어른의 자전거를 타고 가려는데, 큰머슴이 나를 불러 세웠다.
"왜, 일하다 말고 어딜 가느냐?"
"면에 있는 지서예요."
"왜, 자수하려고?"
내가 도둑놈이나 성폭행범도 아닌데도 불구하고 '딱' 잘라서 큰머슴 스스로 판단하여 내가 범인이기 때문에 자수하러 간다고 단정 짓고 있다.
"그게 무슨 소리요? 말 좀 가려서 하세요."
"강간 사건 말이다."
"똑바로 알고나 말하세요. 강간치상 사건이에요."
그는 재미있다는 듯 실없이 농담 삼아 경망스럽게 실실 웃어 가며 아무렇게나 함부로 말을 내던졌다. '아니 땐 굴뚝에 연기라도 날까?'라고 혼자 중얼거리기까지 했다.

　힘이 드는 일을 하면서 매일같이 한솥밥을 먹고 사는 처지에 있는 사람까지도 나에게 다가서는 매서운 의심의 눈꼴이 사나웠다.

　나는 앞으로 모든 일에 소심하게 행동하지 않고 과감하게 처신하자고 다짐해 본다.

　"범인을 신고하려고 가는 거예요."

　"범인이 누구냐?"

　"일단 다녀와서 말할게요."

　소달구지 덜컹대는 길, 구르마가 겨우 다닐 수 있는 도로, 잡초들만이 어지럽고 너저분하게 돋아나 있는 울퉁불퉁한 자갈밭, 가는 길마다 군데군데 물웅덩이 흙탕길, 내가 방앗간 머슴인 병인의 안내로 버스 정류장에서 내린 후 걸어서 이곳으로 왔던 그때 그 초행길이 아니던가. 주인의 고물 자전거를 타고 면사무소 옆에 있는 지서에 도착했다. 국방색 전투 경찰대 차림새를 한 순경 혼자서 근무하고 있었다.

　"저 신고 좀 하러 왔는데요."

　"무슨 신고야?"

　"강간 사건이요."

　"누가 강간을 당했어?"

"저, 한집에 사는 중학생 미성년자요."

"누가 범인인지 알고 있냐?"

"네, 제가 누구인가 정확한 정보를 확보했어요."

"그럼, 범인을 잡아서 지서로 연행해 와."

"제가요?"

"그럼 당연하지."

순경은 내가 한집에 사는 영미와는 무슨 관계인가, 신고하러 온 나의 직업이 무엇인가 등 주로 나에 대해서만 심문하듯 꼬치꼬치 캐물었다. 그러면서 귀찮다는 듯 강간범을 잡으면 그때 신고를 하던가 연행해서 지서로 데리고 오라는 것이다.

악행을 저지른 성폭행범이 누구인가를 100% 확신했기에 신고하러 온 나를 도리어 심문하듯 나의 인적 사항에 대해서만 질문하고 수첩에 세밀하고 꼼꼼하게 기록하다니, 참으로 무책임하고 어이가 없는 일이 아닐 수가 없다.

'오늘 괜히 헛걸음만 했어. 내가 쓸데없는 짓거리를 한 거야.'

왜? 범인이 누구인가를 구체적으로 묻지도 않고 신고하러 온 내 직업만 한 번도 아니고 세 번씩이나 물어보는가. 정말 말하고 싶지 않은 치사한 내 직업을, 나의 직업이 그토록 신비스러운 직업이라도 되는가?

순경에게 내 직업을 답변할 때는 자존심이 무척이나 상했다.

'그렇다면 내가 직접 사악한 악인을 잡고야 말겠다.'

지서의 현관문을 열고 밖으로 나오니 온몸의 힘이 쭉 빠져 허탈한 기분으로 자전거를 타지 않고 끌고서 면사무소 앞으로 걸어갔다. 시외버스 정류장에는 내 고향으로 가는 버스가 정차해 있었다.

'참으로 반갑다. 버스야! 이제 그만하고 집에 가자고 나를 기다리고 있었나? 이게 도대체 얼마만이냐? 그러나 지금은 너와 함께 갈 수가 없단다.'

저 버스를 타고 고향으로 가 버리고 싶은 생각이 굴뚝같았다. 내 마음에 간절하게도 그리워지는 어머님의 얼굴을 생각하니 갑자기 눈시울이 젖었다. 그러나 누명을 뒤집어쓰고서는 억울해서 대한민국 어느 하늘 아래서도 살아갈 수 없는 것 아니겠는가.

그러한 생각에 잠겨 있던 중 면사무소 앞 정문에서 우연히 쌍둥이 아빠라는 사람을 만났다. 그는 나를 보고 해 주고 싶은 말이 있다고 자주색 담쟁이 넝쿨손이 달라붙어 덮고 있는 담벼락 옆으로 손목을 잡아당긴다.

좌우를 살펴보더니 조심스럽게 귀엣말로 귀띔을 해 준다.

"수상한 놈이 있어."

"네 그래요? 그자가 누군데요?"

"서울로 도망갔다고 돌아온 놈."

"아, 네, 네."

"그놈 뒤를 좀 캐 봐?"

"저도 그자를 범인으로 의심하고 있었지요."

"그놈은 아주 치졸한 인간이야."

"좋은 정보 고맙습니다."

"고맙긴, 자네 억울해서 살겠나!"

하늘에 찬연하게 비치던 은하수 물결도 사라진 칠흑 같은 밤에 발생한 사건이 조용한 마을 사람들의 입을 통해 '쑥덕쑥덕' 널리 퍼져만 갔다.

좋은 소식도 아니고 아주 나쁜 소문일수록 더욱 빠르고 은밀하게 전달된다.

내가 이곳에 온 지도 어느새 9개월이란 세월이 흐르고 있다. 영미와 나는 친여동생처럼 아주 가까운 사이가 되었다. 시냇물이 고요하게 흐르는 개울가에서부터 불빛 하나 없는 은밀하고 어두침침한 창고뿐만 아니라 수수밭이든 보리밭이든 어디든 단둘이서 함께 손잡고 다녔다.

특히 영미는 나를 너무나 좋아했기에 여름 방학 동안 숙제를 하다 말고 꽃바구니 옆에 끼고서 내가 일하는 곳에서 많은 시간을 함께 보내며 손목은 수없이 잡고 지내 왔다.

그뿐만 아니라 발을 헛디뎌 계곡 아래 깊은 물속으로 떨어져 풍덩 빠지는 바람에 익사하기 일보 직전에 차가운 물에 흠뻑 젖은 몸, 이제 막 피어나는 두 개의 꽃봉오리 같은 가슴을 한동안 껴안고 그 숨결을 깊이 느껴 보기도 하였다.

깊은 계곡, 얼음장처럼 추운 물속에서 허우적거리다가 멎은 심장을 나의 가슴으로 뜨겁게 껴안고 있었던 기억이 있다.

그런데, 내가 영미를 숲속으로 납치하여 겁탈했다는 허깨비같이 괴이하고도 미스터리 같은 풍문은 누가 봐도 전혀 사리에 맞지 않았다. 언제나 내 품 안에 깊숙이 들어앉아 있는 듯한 예쁜 소녀에게 어찌하여 그 몹쓸 짓을 했겠는가.

갓 피어나고 있는 어여쁜 꽃봉오리를 내 손으로 꺾어 버렸다는 것은 상상할 수도 없는 짓거리가 아닐 수 없다.

그러나 사악하고 살 떨리는 기이한 헛소문이라는 것이 바람처럼 떠돌듯이 사람들의 입에서 귀로 잘도 퍼져만 간 것이다.

그것은 조금도 이치에 맞지 않는 어불성설(語不成說)에 불과했지만 매섭게 노려보는 눈동자들이 나를 항시 직시하고 있지 않은가.

그래서 '진범은 반드시 잡아야만 된다'라는 것이 나의 사명감 아니, 숙명처럼 가슴속 깊은 곳에 자리했다.

"동네 소문이 벌써 퍼졌나요?"

"쉬쉬하면서도 다 알고 있지."

"제가 범인으로 생각하시나요?"

"나만은 아니지!"

"저 같은 미천한 인간을……."

"무슨 소릴! 그래서 내가 지목한 놈, 그 집이 어딘가 위치까지 알려 준 걸세."

내가 이곳에 처음 온 지 얼마 되지 않아서 주인의 지시에 따라 쌍둥이 집으로 여러 번 일을 하러 다녔다.

봄부터 여름까지 가끔 그 집에 가서 일을 도와주었다. 그는 내가 일하는 것을 멀리서 유심히 남몰래 관찰하더니, 매우 깔끔하게 주어진 일을 잘 처리한다고 칭찬을 여러 번 했었다. 그는 나의 얼굴을 아주 친근하게 바라보면서 다시 한 번 격려해 준다.

"참으로 성실한 젊은이야."

"……."

"얼굴이 아주 착하게 생겼어."

그러면서 요즘 젊은이들은 일하기 싫다고 서울로 다 도망가 버리고 일을 할 만한 사람은 하나도 없는데, 깊은 두멧골까지 와서 말 한마디 없이 묵묵하게 최선을 다한다고 말했다. 일을 도와주고 있을 때 쌍둥이 아빠는 새참 간식거리와 더불어 막걸리 한 주전자를 내왔었다.

무화과나무 그늘 아래 왕골 줄기로 짠 돗자리를 펴 놓고 함께 앉아 막걸리를 대폿잔으로 가득 따라 주셨다.

"자! 한잔 받게나."

"전 지금까지 술 마신 적 없는데요. 대신 제가 한잔 올릴게요."

"그럼 새참이라도 맛있게 들게나."

"네, 그럼요."

"사랑방 식구들은 술 마시는 사람 없는가?"

"저만 빼고 모두들 술이라면 혹하고 사족을 못 쓰는 사람들이죠."

"그 사람들, 무슨 인생의 낙이 있겠나. 술이라도 마시면서 지내야지."

"저도 그리 생각합니다."

쌍둥이 아빠로부터 추가적인 정보를 수집하고 나서 며칠이 흐른 후 들녘 좁다란 논두렁길, 장마철에 무너진 논둑을 건너다니기 쉽도록 크고 기다란 통나무 하나를 걸쳐 놓은 곳에서 서울에서 내려왔다는 그놈과 정면으로 마주쳤다.

'원수는 외나무다리에서 만나는 꼴이다.'

하필이면 피하고 싶어도 피할 수 없는 외나무다리 같은 통나무 다리에서 맞닥뜨리게 될 줄이야 누가 예측이나 했겠는가.

나는 어깨에 메고 있던 지게를 논바닥에 순식간에 내던지고 그놈에게 말 한마디 없이 발로 턱 밑에 일격을 가했다.

그야말로 붕 떠서 2단 옆차기로 목을 가격해 버렸다. 그가 진흙 속으로 쓰러졌고, 내 몸도 진흙탕으로 뒤범벅이 되었다.

"이 자식 내 발차기 맛이 어떠냐?"

"오매 나 죽네."

"쉽게 죽으면 안 되지. 발로 살짝만 스친 건데 엄살은."

나의 일격에 개구리처럼 논 구덩이 진흙 속에 처박혀 일어나지 못하는 놈의 얼굴을 몇 차례 더 주먹으로 타격했다.

그놈은 입안에 잔뜩 끼어 있는 진흙을 손가락으로 파내더니, 목구멍으로 들어간 흙탕물을 '웩웩' 하고 뱉어 냈다.

나는 지게에 걸려 있던 밧줄을 가져와서 그놈의 손과 모가지를 묶었다.

그러다가 최후 수단으로 발목까지 완벽하게 동여매 버렸다. 사실상 온몸이 밧줄로 꽁꽁 묶여 있는 상태가 되었고, 진흙 구덩이 속에서 얼굴만 겨우 조금 내밀고 있다.

그리고 발로 얼굴을 짓밟고 있으면서 네놈이 영미에게 성폭행을 했냐고 물었다. 숨이 거의 멎을 만하면 모가지를 감고 있던 밧줄을 조금 느슨하게 풀어 주었다.

거의 죽기 일보 직전이 되어서야 그놈은 겨우 말문을 열기 시작했다.

"그래, 내가 했다."

"네놈 소행인 줄 이미 알고 있다."

"그날 술김에 사고를 친 거야."

"어린 소녀 강간한 게 사고냐?"

"술에 만취했다고."

"성폭행범은 결코 용서할 수가 없다."

"서로 좋아서 연애 한번 한 거야."

"좋아서 했다는 놈이 어린애를 패서 기절까지 시켜 놓고 그 짓을?"

"아니 그런데, 머슴 놈이 왜 나를 닦달하느냐? 그래 한번 죽여 봐라!"

"네놈 때문에 내가 누명 쓰고 죽겠다."

"이미, 내 코뼈가 묵사발 된 것 같아."

코뼈가 부러졌다는 그놈의 바지를 벗기고 지게에 꽂아 놓았던 날카로운 낫으로 더럽게도 못생긴 고추를 잘라 버릴 듯이 힘껏 잡아당겼다.

"이 못생긴 고추 잘라 버린다."

"잘못했다!"

"한 번만 더 이 고추를 잘못 놀리는 날에는 정말로 없앤다."
"다시는 안 그래, 제발 그만 좀 잡아당겨라!"
"이제부터는 깨끗한 마음으로 살라고."
"정말 무서워 죽겠네."
"그것도 어린 소녀를!"
"제발 그 낫 좀 치워 줘!"
"꽃으로도 여자를 때리면 안 된다는 것도 모르냐?"

그때였다. 누군가 이 광경을 말없이 눈으로만 목도하고 있는 사람이 있었다. 주인어른이 둘째 딸 강간 사건의 범인을 직접 확인했던 것이다. 나는 주인의 얼굴을 처음으로 똑바로 쳐다보면서 분노를 참지 못했다.

"아니? 이렇게 반 죽여서 범인을 잡아야 하나?"
"저를 범인으로 꼭 찍은 사람이 누구세요?"
"그래도 밧줄은 풀어 주어야지."
"못 풀어 주겠어요."
"아니? 이 녀석이 내 말을 안 들어 먹네."
"억울하게 누명을 씌우신 분이 누구세요?"
"이제 알았다니까."
"온 천지 제가 범인으로 소문이 나서 고개를 들고 다니지 못하고 있는 것 아시죠?"

"나도 참! 거북하네, 우리 영란이가 자넬 무척이나 좋아하지 않나."

"이 사건과 영란이가 무슨 상관 있어요?"

주인은 너무도 무서울 정도로 과격하게 범인을 다루는 현장을 보고는 아직도 심장이 떨리는 듯, 내 손에 들고 있던 예리한 낫을 빼앗았다.

먹구름이 드리워진 하늘이 깜깜한 일요일 밤, 영미가 솔밭길 노송들이 우거진 오솔길에서 납치되어 뇌진탕으로 기절한 이후 성폭행을 당하고, 여러 날 병원에 입원까지 했음에 불구하고 주인은 그놈에게 은혜를 베풀고자 한다. 그러나 가슴속에서 이글거리는 분노는 아직도 용광로처럼 부글부글 끓고 있었다.

그동안 나에게 정신적 고초를 수없이 안겨 준 성폭행 사건의 진범이 누구인지 밝혀져 참으로 다행이었다.

나에게 누명을 안겨 준 강간범이란 놈은 자신의 젖비린내 나는 어린 친조카, 초등학생에게 상습적으로 추한 악행을 자행하다가 가족들에게 들켜 몽둥이로 엄청나게 두들겨 얻어맞고 서울로 도망을 갔다가 약 2년 만에 다시 귀향했다는 사실을 그 후에야 알게 되었다.

특히, 성폭행범의 큰형님이란 사람은 자신의 어린 딸이 동생으로부터 상습적으로 몹쓸 짓을 당해 병원에 입원했다는 사실을 알고서 엄청난 충격을 받고 쓰러져 오랫동안 누워서 지냈다는 것이다.

그놈은 인면수심(人面獸心)이라, 인간의 탈을 쓰고 짐승보다 못한 악행의 극치에 이른 장본인이었다.

머슴으로 살다 보니 도둑놈에 강간범이라고 별의별 꼴을 다 겪으며 깡패 같은 머슴이 되어만 갔다. 같은 솥에서 푼 밥을 매일같이 함께 먹고 사는 주제에 어찌하여 양심도 없이 의심받을 짓을 했겠는가?

그 강간범을 체포하고 자백을 받았을 당시 주인이 조금만 늦게 현장에 도착했어도 귀퉁머리를 좀 더 두들겨 패 주려고 했다. 그놈에게는 증오감이 강하게 자리 잡고 있었기 때문이다.

분노가 머리에서 발끝까지 치밀어 올라 있던 당시 예리한 낫으로 성폭행범의 해괴망측하고 못생긴 것을 무의식적인 손동작으로 순식간에 없애 버릴 뻔했다.

이러한 일련의 행동, 너무 과격해진 내 자신이 싫고 두렵기까지 했다.

그렇다면 과연, 양상군자(梁上君子) 놈은 누구인가? 이제 하나 남은 절도범만 잡으면 모든 것이 깨끗하게 해결된다.

지난 어느 날 이른 아침, 조반을 맛있게 먹고 있던 중, 밥상머리에서 주인어른이 화난 얼굴로 나에게만 '힐끔힐끔' 곁눈질로 쳐다보는 것이 아닌가.

저 어른이 오늘따라 왜 갑자기 이상하게 저러시나?

혹시, 내게 미운털이라도 박혀 있는가?

"너! 장롱 서랍장에 있는 돈 10만 원을 도둑질했냐?"

눈을 크게 뜨고 화가 나서 심문할 때는 죽을 맛이었다.

'아니요.'라고 대답도 못 하고 완전히 기가 막혀서 더 이상 말이 안 나왔다.

"교회에 십일조 성금을 낼 중요한 돈을 훔쳐 가다니……."

그때 영란과 영미, 영자가 내 얼굴을 보았다. 새파랗게 질려 있는 내 얼굴을 유심히 본 영란은 시선을 발끝 아래로 떨어뜨리고 있었다.

나는 밥을 먹다 말고 방문을 확 열고 나와 버렸다. 속담에 오얏나무 아래서 갓끈도 고쳐 매지 말라고 하지 않았던가.

내 자신은 맹세코 깨끗하다고 생각한다. 그러나 주위 사람들이 직선으로 바라다보는 곱지가 않은 눈길로 인하여 뭔지 모르게 심리적으로 불안감이 밀려들었다.

'내가 그토록 양심도 없이 남의 돈이나 훔쳐 갈 놈 같으면 머슴으로 살 이유가 없지 않은가.'

여러 날 동안 견딜 수 없는 마음의 상처를 많이도 받고 있었다.

양상군자 사건에 대해 집안사람의 소행일 거라는 추정만 하고 있을 뿐, 명백한 실마리 하나 찾지 못하고 '끙끙'거리며 속을 태우고 번민만 하던 중 의외로 사건이 쉽게 해결되었다.

주인어른의 돈 10만 원을 가져간 범인은 다름 아닌 큰딸 영란이었다. 그녀가 여학교, 같은 반 친구 수업료를 대신 납부해 주었다고 자신의 허물을 자복하고 시인했던 것이다.

돈을 허락도 없이 가져간 행위는 명백하게 잘못된 것이나 교회에 헌금할 돈이니 그 돈으로 학비를 내지 못하는 친구에게 자선을 베푼 것도 좋은 일이 아니던가.

그리하여, 깡패 같은 머슴 놈이 될지언정 누명은 벗고 실체적 진실을 밝히며 살아가자는 어리석은 마음 하나로 오늘도 정겹게 혀끝으로 입김을 불어 휘파람 소리를 내며 논밭 두렁길을 걸어간다.

주인어른도 이번 사건으로 인하여 많이 달라진 것 같다. 그러나 경제적으로 부유하다는 이유 하나만으로 언제 또다시 본성이 드러날지 모른다.

그러한 어이없는 사건이 해결되어 너무나 잘되었다고 스스로 내 자신을 칭찬하면서 두 다리를 쭉 펴고 드러누워 잠이 드리는 순간 또다시 공동묘지에서 등에 업고 병원에 대려다준 여인에 대한 생각에 잠을 이루지 못했다.

'아마, 지금쯤 잘 살고 있을 거야. 죽음으로 더 이상 다가서지 않고서.'

그날도 참으로 두려움이 가슴속 깊이 밀려오는 힘들고 어려운 상황임에도 매우 잘 지내 온 하루였다고 생각한다.

이제 아무튼, 모든 사건들이 잘 풀렸기에 심리적뿐만 아니라 육체적으로도 안정감이 찾아왔다. 그래서 내 자신 스스로가 행복하다는 상념(想念)에 잠겨 낡아 빠진 수첩에서 빛바랜 흑백 사진 한 장을 꺼내 찬찬히 바라본다. 내가 어린 시절 어머니와 함께 찍은 사진이다.

초승달 어머니

동쪽 하늘가
초저녁 초승달
쪼그마한 연못가
애절하기도 하여라

어린 시절
쪽빛 구슬 같은
어머님 목소리
오늘도 젖어 든다

이내 작은 가슴
한없이 끌어안고
여린 초승달 아래
설중매 향기에
지그시 눈을 감는다

고운 섬섬옥수
어머니 손을 잡고

청담(淸談)
초승달 아래
희미하게 어리다

12. 코흘리개 어린아이

　물안개 자욱하게 아스라이 피어오르는 지평선 그 풍요롭던 오곡백과(五穀百果)도 모조리 거두어들였다. 일꾼들이 방앗간에서 온몸에 희뿌연 먼지를 뒤집어쓰고 쌀 방아를 찧는다. 희끄무레한 먼지가 작은 눈송이처럼 피어나 눈썹 위에 내려앉았다. 큰머슴들도 힘에 겨워 쓰러질 듯이 휘청거리는 다리를 부여잡고 80kg의 무거운 쌀가마니를 어깨에 메고 화물차 짐칸에 차곡차곡 쌓아 올린다.
　신야에 한 차 가득 채워지면 자동차는 서울로 떠난다. 나의 등줄기에도 진땀이 송알송알 엉킨 상태로 맺혀 있다. 소금기에 젖어 녹아 버린 옷은 흐물흐물한 상태로 등짝에 딱 달라붙어 한 몸이 된 지도 오래였다.
　고무신짝 밑창이 반질반질하게 닳아 빠진 것을 신고서 자갈들이 널브러진 언덕길을 기어오른다.
　손수레 바퀴가 녹이 슬어 더 이상 굴러가기 싫다고 '삐익삐익' 소리를 내고 있다. 그 소리가 나의 귀를 더욱 혼미하게 자극한다.
　경사도가 완만하지 않고 기울기가 45도 정도 되어 보이는 언덕길을 소가 달구지를 끌고 가듯 힘들게 한 발 한 발 내딛고 있다. 덩치가 황소만 한 주인은 손수레를 뒤에서 밀어 주면서, 잘 달리고 있는 말에 채찍을 가하듯이 다그치기만 한다.

"더 힘을 내라고, 더! 더! 허허, 젊은 녀석이 겨우 이래서야?"

"수레에 짐을 너무나 많이 얹어서 그래요."

"왜 그리도 힘을 못 쓰는 거야?"

"최선을 다하고 있어요."

사회적뿐만 아니라 경제적으로도 부유하다는 우월적 의식이 뿌리 속 깊은 곳까지 골수(骨髓)에 맺혀 있는 황소만 한 큰 덩치의 사십 대 장로님이신 주인, 정력이 차고 넘치는 그분은 나에게 젖 먹던 힘까지 내라고 다그치고 있다.

아무튼, 꼬마둥이 머슴이 매일같이 보약을 가져와 정력이 차고 흘러넘쳐 부인이 행복해할 뿐만 아니라 보약을 드시고 난 후 아들 없는 집에 득남하겠다는 소문이 동네방네 무성한 지경에 이르렀다.

"산양도 잡아다 주었다네."

"어디에서 그 귀한 것을 가져왔나?"

"산꼭대기에서 어깨에 메고 여기까지 왔다네."

"이렇게 먼 곳까지."

"잡은 게 아니고 승냥이가 반 죽인 것이라오."

"승냥이가 뭔가? 늑대인지 들개인지? 산양이 보약으로는 최고라고 하지 않나?"

'아예 이러다 순전히 내 등골까지 다 빼먹겠다.' 정말 해도 해도 너무한다는 생각이 들었다. 어느 순간 하얀색의 작은 알갱이들이 내 몸에 달라붙어 있는 것이 보였다. 자세히 보니 흘러내리던 땀방울이 소금 알갱이로 변질되어 새하얀 소금꽃으로 피어나 있었다.

그러면서도 말 한마디 던질 수가 없었다. 모든 기운이 기진맥진 소진되었기 때문이다. 기운이 남아도는 때도 말없이 묵묵히 일만 하는 어리석은 인간이었다. 하루하루 지친 나의 몸이 먼저 자신에게 가슴으로 말을 건넨다.

'그만 포기하고 당장, 또다시 그런 어리석은 생각을, 어디론가 아니 서울로 떠나 버리자고…….'

이른 봄날부터 가을이 다 가도록 머슴으로 살다 도망간 놈들이 어디 한둘인가. 일이 너무 힘들다고 도망가고, 갓 십팔 세도 안 된 순박한 시골 낭자와 종적을 감추기도 하고, 순진한 처녀라고 착각 속에 꼬드기다가 안 넘어오니까 겁탈하려다 미수에 그친 후 주인에게 몽둥이로 맞고 도망친 놈도 있다.

그뿐만이 아니다. 절세가인 유부녀와 바람나서 남편한테 간통죄로 고소당해 감옥 가기 일보 직전에 도망간 놈도 있었다.

또한 장마철 홍수로 인해 세차게 흐르는 강물같이 도도하기만 한 청상과부와 눈이 맞아 흔적도 없이 사라진 놈은 그래도 연인과의 순수한 사랑만을 위해 도망친 놈이다.

어찌 보면 진정한 사랑만을 위해 도망친 놈은 그리 나쁘지만은 않을지도 모른다. 하지만 일하기 싫어서 삽자루, 괭이자루 다 내던지고 도망친 놈은 왠지 형편없는 놈이라고 생각됐다.

어찌 되었든 간에, 이유도 없이 도망친 놈이 어디에 또 있는가? 이래서 달아나고 저래서 도망치고 모두가 야반도주를 한다면 1년간 머슴을 채울 놈은 아무도 없을 것이 아닌가?

'1년이라는 기간은 채우자. 나의 모든 기를 다 뽑아 버리자. 그래, 그렇게 하자.'

그러한 조건을 충족하지 못한다면 그동안 일한 새경은 어찌할거냐……. 그 언젠가 큰머슴 말대로 쥐꼬리만 한 1년간의 새경 5만 원이지만, 깔끔하게 마무리하고 일한 대가는 받아 가야 한다고 다짐하면서, 손수레에 볏단이든 쌀가마든 짐을 가득가득 얹어 실었다.

언제나 일할 때 옆에 붙어 감독하는 주인은 짐을 실을 때마다 산더미처럼 얹어 올리도록 지시한다. 스스로 압박감을 느끼면서도 어렵게 하루하루 수레를 끌고 언덕길을 오르고 있다. 이 세상에서 아무것도 하지 않고서는 거저 얻을 수 있는 것이라곤 그 아무것도 없기 때문이다.

산야의 대지엔 어느덧 밤이 이슥하니 땅거미가 드리우고 있다. 한결같이 인자한 미소만을 간직한 주인아주머니와 손맛이 일품인 찬모가 저녁 밥상을 차리고 있을 무렵 주인어른께서 나를 부르고 있다.

"읍내에 가서 필요한 생필품들을 구입해 와라."

"네, 다녀올게요."

'오늘 저녁도 잘못하면 굶게 생겼구나. 지금 시장기도 무척이나 심한데.'

나는 주인어른의 구닥다리 자전거를 타고서 비포장도로 신작로 길을 달리고 달려 읍내로 향했다. 얼마 전 지서 사무실을 휘젓고 다닌 읍내의 미친 깡패에게 이유도 없이 구타당한 일이 뇌리에 번쩍하고 스친다.

그때 그 지서 안에서 보았던 그자를 시외버스 터미널 뒷골목에서 우연한 기회에 다시 목격하게 되었다.

그자 아니 그놈, 아주 못된 깡패는 술에 만취된 듯 볼그스레한 얼굴로 자신보다 나약한 철부지 어린 소년 둘을 찢기고 망가진 포장마차 뒤에다 붙잡아 세워 놓고서 균형이 잡히질 않은 양다리, 밑창이 다 떨어진 군홧발로 인정사정없이 발길질을 해 대는 것이다.

또다시 최악의 상황이 아닐 수가 없다.

속담에 '어여쁘지 아니한 며느리가 삿갓을 쓰고 으스름한 달밤에 집을 나선다'는 격(格)이라고나 할까.

세상살이가 정녕 너무나 무정하지 않은가. 가뜩이나 못난 놈이 제 격(格)에 맞지 않는 짓만 골라서 하고 있다.

얼마 전 읍내 지서 안에서 죄도 없이 어린애들을 구타하던 장면이 순식간에 뇌리에 스치고 지나갔다. 저렇게 무지막지하게 맞다 보면 불쌍한 애들이 죽을 수도 있겠다는 생각이 들었다.

'저 사악한 자를 응징할 것인가, 아니면 그냥 못 본 체하고 여기서 사라질 것인가 그것이 문제다. 그러다가 다 된 밥에 재를 뿌리지나 않을까 하는 불안감이……. 약 1년간의 머슴살이가 수포로 돌아간다면 새경, 즉 1년 연봉은 어찌 되나? 사건이 확대된다면, 한순간에 공든 탑이라도 무너뜨리면 어찌하나?'

별의별 놈의 상상을 다 해 보면서 우유부단하게 망설이기만 하던 나는 순간 머리에 불꽃이 일어났다. 분노가 치밀어 더 이상 참을 수가 없었다.

심각한 갈등 속에서 못된 버릇을 가진 깡패를 응징하기로 굳게 결심했다. 또한 저놈하고 나하고는 싸움을 해 보았자

치열한 적수가 되지도 못할 것이란 생각도 해 보았다. 며칠 전 주인께 사정하여 어렵사리 가불(선새경)하여 가벼운 농구화 하나를 사서 신고 있다.

고무신짝만 신고 다니다가 운동화를 신으니까, 산마루터기에서 체력을 단련하기 위해 다양한 무술을 수련하던 그때 그 시절 무예(武藝) 실력이 저절로 나오는 것 같았다.

내 자신이 그냥 공중에 붕붕 뜨는 기분이었다. 운동화를 신어 보고 얼마나 행복감에 깊이도 젖어 들었던가.

아무튼, 악을 응징하겠다는 결정을 내리는 순간 나는 무섭도록 사나운 감정이 폭발하였다.

나약한 어린애들을 마구잡이로 주먹과 발로 구타하고 있는 놈 뒤로 쏜살같이 달려갔다.

나는 소리 없이 그 깡패의 어깨를 세차게 낚아채서 간단하고 가장 효과적인 메치기 동작으로 땅바닥에 내동댕이쳐 버렸다.

깡패는 한동안 정신을 차리지 못하더니 잠시 후 정신이 번쩍 들었는지 허름한 군복바지 주머니에서 날카로운 칼을 꺼냈다. 칼집을 나에게 던지고 나서 칼로 찌를 듯한 자세를 취한다.

"야, 이 새끼 죽여 버리겠어!"

"아니! 번쩍이는 칼?"
"이 자식, 칼 맛 좀 볼래?"
"가지가지 여러 가지 하네."
"좋아 한번 붙어 보자!"

희미한 가로등불 아래 약 30cm 정도 되어 보이는 칼날에서 빛이 반사되어 내 눈에 비친다.

'아니 칼을, 하기야 경찰 무기고에서 총도 꺼내 들고 설레발치는 벌레 같은 놈이 아니던가.'

총, 칼 등 무기를 들고 덤비는 자에게는 오직 하나, 단 한 번 '일발필살' 일격에 쓰러트려야만 된다고 무예 수련 과정에서 터득하지 않았던가.

'그래, 칼을 든 자에게는 오직 한 번의 기회만이 있을 뿐이다.'

나의 뇌리에 무술 교관의 지도가 순간 떠올랐다.

그때였다. 발차기로 그놈의 목덜미 정가운데 급소를 번개처럼 가격했다.

그자의 안면, 상판에 나의 발이 정확하게 꽂히는 순간 칼을 손에서 떨어뜨리면서 몸은 바닥으로 곤두박질쳤다.

"악!" 하는 비명소리와 함께 그놈의 몸에서는 잠시 경련이 일었다.

"얘들아, 빨리 도망쳐!"

"네, 고마워요."

코흘리개 어린아이 하나가 나에게 고맙다는 뜻에서 고개를 한번 끄덕인다. 두 애들은 토끼 같은 눈으로 한번 슬쩍 나를 바라보다가 어둠속으로 이내 사라진다.

어린아이들이 떠나고 난 후 나도 그 자리를 박차고 도망쳤다. 그런 후 무엇인가 두려움이 가슴을 압박하여 그 현장을 다시 와 보았다. 그놈은 개구리가 죽어서 사지를 쭉 뻗어 있는 것처럼 보였다. 참으로 다행스러운 것 하나는 우리들 외에는 아무도 그 광경을 목격한 사람은 없는 것 같았다. 언젠가 사용하다가 버린 듯 부서진 포장마차, 허름한 담장 옆에 쓰러져 있는 깡패의 모습을 걱정스럽게 지켜보고 있다.

한동안 전혀 인기척이 없다.

'뇌진탕으로······ 혹시 사망. 죽었다면, 어쩌나?'

작은 움직임, 미동(微動)도 없지 않은가.

나는 긴장하지 않을 수가 없었다. 혹시 죽은 것이 아닐까 하는 불안감이 나의 심장을 요동치게 한다.

시간이 얼마나 흘렀을까.

1분, 2분, 그리고 5분, 어느 순간 '꿈틀꿈틀' 몸을 조금씩 움직이더니 구석진 땅바닥 얼굴에 피를 흘리면서 엉거주춤, 간신히 몸을 일으킨 깡패는 바닥에 떨어진 칼을 주워서 손에 쥐고 자전거 쪽으로 걸어가고 있는 나에게 찌르려고 달려든다.

　육감적으로 뒤를 돌아 그자의 손목을 비틀어 칼을 떨어뜨리게 만들 후, 팔 하나가 부러지는 소리가 들릴 정도로 등 뒤로 꺾어 버렸다. 그리고 깡패를 패대기쳐서 자갈밭 길에 거꾸로 힘껏 꽂았다.

　살인하기 위해 날카로운 칼을 들고 악착같이 달려드는 악마 같은 놈에게는 더 이상 자비를 베풀어 줄 수가 없다.

　나약하고 힘없는 어린애들만 괴롭히고 갈구는 놈, 그놈은 남을 때리고 상습적으로 강취하는 행위(상습 강도치상범), 그 자체가 너무나 재미있고 희열에 찬 듯 웃으며 살아가는 자다.

　읍내 지서의 순경과는 아주 가까운 사이라도 되는 듯 오만한 눈동자에 교만한 입술을 가진 자를, 땅바닥에 맨손으로 내동댕이친 후 담장 옆에 놓여 있던 꽤 큰 돌을 주워 저주받은 악당을 응징하듯 한쪽 다리를 내리찍었다. 더 이상 일어나 걷질 못하게 만든 후 나는 그곳을 빠져나왔다.

　나는 자전거 페달을 힘껏 밟으면서 달도 없는 밤 우리은하계 성단의 별빛을 길잡이 삼아 어두컴컴한 뒷골목을 지나 사랑방으로 돌아왔다.

　당분간 그 깡패는 병원 신세를 좀 져야 할 것이다. 그러므로 다시는 거리를 활보하면서 못된 행동을 하지 못할 것이라 자신해 본다.

자신보다 나약한 사람만을 골라 괴롭히는 놈이 세상에서 가장 악질이다. 따라서 그런 놈은 싹을 애초에 잘라 버려야만 했다.

그날 터미널 뒷골목에서 사악한 자를 강력하게 응징했지만 무엇인가, 왠지 씁쓸한 기분만이 남았다.

그러한 일이 있고 나서 얼마 후 알게 된 새로운 사실 하나가 있다. 그 깡패는 가출한 청소년이나 부모도 없는 불쌍한 고아들을 상대로 매주 몇 푼 안 되는 돈을 악랄한 수법으로 착취하기 위해 폭행을 일삼는 등 물불 안 가리고 상납받는 (일명 삥 뜯기) 강도범이었다.

어찌 되었든, 사건 이후에는 낯이 익은 버스 터미널과 지서 앞을 벗어나 초행길로 다니고 있다. 그놈의 면상을 또다시 보고 싶지 않기 때문이다. 길은 기울기가 완만한 외길이었지만 '울퉁불퉁' 기복이 심하게 좁았다. 그렇게 우회하여 갔다가 다시 먼 길로 돌아서 방앗간으로 향했다.

주인어른의 고물 자전거에서 들리는 삐걱거리는 을씨년스러운 소리에 발을 맞추어 가로등불도 꺼진 침묵이 깃든 어둠 속에서 자전거 페달을 힘껏 밟는다. 어느덧 오밤중까지 정미소에서 방아를 다 찧고 세차게 흐르는 차가운 여울목에 첨벙 뛰어들어 빨랫비누로 정결하게 몸을 씻는다. 속옷은 소금기에 녹아 너덜너덜하다.

'어차피 인생은 벌거숭이 찢어진 속옷을 누가 구경이라도 할까 보냐?'

이 꼴을 보고 얄밉게 빈정거릴 놈이 있다면 바로 전봇대 위에 앉아 '꾸벅꾸벅' 졸고 있는 쑥국새뿐일 게다.

희미한 비애

희미한 가로등
불빛 하나가
꺼질 듯 말 듯

그 아래 넝마처럼
찢기고
부서진 비애(悲哀)
어두운 그림자들

스산한 바람
을씨년스럽게
산산이 흩어지며
나를 감싸안고
흐르기만 한다

13. 부지깽이로 쓴 글씨와 벽화

밤하늘 은하수의 경이로운 풍광을 간직한 이슥한 밤이다. 사랑채 손님들이 왁자지껄 떠들다가 모두 떠난 너저분한 사랑방, 사실상 주인이라 할 수 있는 우리 머슴들만이 남아 장작불에 타는 가마솥의 '뜨끈뜨끈'한 아랫목과 밀려드는 피로감에 무작정 쓰러져 누웠다. 한낮에 뜨겁게 맺힌 땀방울도 은하수 물결에 씻기고 지청구 한마디 없이 오밀조밀 끼어서 혼곤한 잠에 빠져든다. 하루 중 가장 행복감이 피부 깊숙하게 밀려드는 시각이다.

동짓달 초하룻날이다.

사랑방 부엌 시커먼 가마솥 아궁이에 마른장작을 가득 집어넣었다. 불잉걸 타오르는 장작불에 구들장이 후끈 달아올랐다. 방앗간에서 허드렛일을 도맡아 하는 구부러진 할미꽃 같은 분이 사랑방에서 청국장을 발효시키고 있었다.

"할머니."

"왜 그려?"

"퀴퀴하고 고리타분한 냄새가 방 안에 진동해요."

"청국장 냄새가 구수하지?"

"아니요. 저는 너무 독해요."

"청국장이 얼마나 맛있고 건강에 좋은데."

오랜만에 사랑방 부뚜막에서 콩을 삶아 뜨거운 방 안에서 낡은 이부자리로 청국장을 덮고 발효시키는 것을 보니, 고향의 어머님이 하시던 과정이라 기억이 생생하게 떠올랐다.

이제 모든 농촌 일도 다 끝이 났다. 다른 머슴들은 이미 자기들 고향으로 돌아갔다.

텅 빈 사랑방에 나 혼자만 달랑 남았다. 나직나직하게 들리던 속삭임도 할머니가 쓰시던 화롯가의 불씨와 함께 꺼져 버렸다.

방앗간 도정 기계를 작동시키는 발동기 도는 소리도 멎고 한쪽 구석진 곳에 남아 있는 왕겨들만 먼지 더버기가 되어 수북하게 쌓여 골짜기에서 불어오는 바람결에 흩어진다.

쌀 방아를 찧는 도정 기계를 조종하던 병인이가 떠나면서 남긴 손 편지 하나가 사랑방 문설주 기둥의 대못에 꽂혀 나를 기다리고 있었다.

'왜 이리도 꼬깃꼬깃하게 접고 또 접은 쪽지를……. 휘갈겨 쓴 글씨, 이게 대체 뭐라고 쓴 글씨야?'

"뭘 그리도 열심히 읽고 있는가?"

"네. 병인이가 남기고 간 쪽지를 보고 있어요."

정미소를 점검하러 나온 방앗간 주인이 무엇인가 열심히 읽고 있는 나에게 한마디 던지더니 나가 버린다.

도대체, 그림인지 글씨인지 알 수 없게 제멋대로 얼기설기 짜깁기라도 한 듯 한참을 봐도 읽을 수가 없는 쪽지가 아닌가. 정보를 수집하러 다니는 형사가 이 쪽지를 본다면 국가 보안법을 위반한 반정부 인사나 간첩들이 남긴 암호 문구로 의심이라도 받게 쓴 글씨체가 아닌가.

그래도 이름 석 자는 또박또박 쓰여 있었다. 아무튼, 그 녀석 성의를 생각해서 부뚜막 아궁에 던지려다 말고 주머니에 넣었다.

조금 그을린 사랑방 처마 밑에 붙어 있는 부엌, 시멘트로 바른 양쪽 벽에는 즉흥적으로 구성된 이해하기 어려운 몇 개의 추상적인 그림이 벽화처럼 그려져 있다.

드라마틱한 시대 러시아 바실리 칸딘스키가 젊은 날 고뇌하며 완성했다는 뜨거운 추상화 작품을 모사(模寫) 그대로 베껴 옮겨 놓은 듯한 벽화가 검게 채색된 채 인상적인 형체로 남아 있다.

또한 장난삼아 심심풀이로 누군가 아무렇게나 성의도 없이 써 놓은 글씨체가 낙서장처럼 뒤섞여 갈피를 잡을 수 없게만 보였다. 시의 한두 구절은 멋들어지게 초서체로 흘려 쓴 글씨도 눈에 들어왔다.

 봄날 언젠가 사랑방을 찾은 괴상야릇한 길손, 삿갓을 얼굴이 잘 안 보일 정도로 깊이 눌러쓴 땡추 하나가 있었던가?

 '꼭, 괴상망측한 길손만은 아닌 것 같다. 혹시 저 삿갓이 봄날 주인의 형님 집 대문 앞에서 보았던 그 스님이 아닌가?'

 한 곳에 구멍이 난 삿갓을 푹 눌러쓴 땡추 같은 스님이 사랑방 문지방 앞에서 시주 좀 해 달라고 청량하게 '똑! 똑! 똑! 또로록!' 중도(中道)의 목탁을 치다 말고는, 질서 하나 없이 낙서를 해 놓은 벽면의 낙서장을 뚫어지도록 감상하고 있었다.

 "컬컬, 거참! 희한도 하다."

 "꽤 세련된 필체로 쓴 글씨라도 있나요?"

 "히히, 킬킬킬."

 가느스름한 부지깽이로 쓴 글자들을 하나하나 일없이 찬찬히 읽고 또 읽어 보고 있었다.

 꼬챙이같이 가늘고 단단한 지팡이를 한 손에 들고, 헝겊의 낡은 천 조각을 여기저기 덧대서 바늘로 꿰맨 배낭 같은 것을 등에 하나 둘러메고 있는 땡추 같은 기이한 방랑객, 눈깔이 낙서장 속으로 빠져들고 있었다.

"선생님, 글씨체가 멋지나요?"

"우스꽝스럽구나! 푸하하!"

그때 맑게 드러나 있던 하늘에서 순식간에 소낙비가 억수같이 쏟아진다. 갑자기 내리는 비를 피하기 위해 방랑 시인 같은 사람이 처마 끝에 가까이 바짝 붙어 섰다.

"허허, 거참!"

"소나기가 와서 어쩌나요?"

"혼미한 세상사."

"비가 내려서요?"

"앞이 안 보인다."

방랑객은 잘난 체, 한자의 식견이라도 좀 있는 듯 명필처럼 흉내를 내 본 듯한 휘갈겨 놓은 한시의 한두 소절(小節)을 눈이 빠지도록 읽다가, 추상적인 벽화가 극적인 작품이라도 되는 듯 감상하고 있다.

부뚜막 아궁이에서 장작불을 지피다가 검게 그을려 탈색된 벽화라는 것이 눈에 잘 보일 리 없는 그림과 글씨체임에는 틀림없다.

"걸물이야!"

"삿갓 선생님! 어떤 구절이 명작품인 것처럼 보이신가요?"

"푸하하!"

별난 스님은 하늘을 바라보다 말고 내 얼굴을 무심코 스치듯이 힐끔힐끔 한두 번 주시하더니 크게 웃고서는 무엇 때문인지 다시 머뭇거렸다. 참으로 괴이하고 이상야릇한 의미만을 남기는 그로테스크(Grotesque)한 사람이 아닐 수 없다.

"역마살이야."

"아니! 누가요?"

삿갓을 쓴 땡추 같은 길손이 봄날 주인의 형님 집 대문 앞에서 1차 가출했던 규수에게 노골적인 언행, 그것도 아주 불길하게 결혼 첫날밤에 새신랑을 잡아 죽일 액운을 가진 처녀라고 언급한 자가 혹시 이 사람이 아닌가?

'관상학적 어쩌고 했던 그 땡추인가? 그때는 저 요사스러운 웃음소리는 없지 않았던가!'

불시에 억수같이 내리는 빗속에서도 '히히 낄낄' 웃고만 있는 방랑객, 남의 눈칫밥을 먹고 사는 나는 빠르게 낌새를 채고서 방앗간 안으로 들어가 쌀가마니에서 큰 바가지로 쌀을 가득 퍼서 땡추가 메고 있는 산사의 승려들이 애용하는 바랑 같은 곳에 담아 주었다.

"허허 낄낄. 어지러운 세상이로다."

"네? 무슨 말씀인가요? 불을 피우다가 부지깽이로 쓴 글씨라서 어지러운가요?"

풍자적 해학의 수법을 구사하고 있는 땡추 같은 삿갓은 걸물, 걸작(傑作)을 탄생시켰다는 한마디와, 어지러운 세상타령 한번 하더니 '푸하하 낄낄' 웃었다. 그러곤 하염없이 내리는 빗속으로 종적을 감추어 버렸다.

하늘빛보다도 영롱하게 반짝이는 금이빨 하나만이 유일하게 내 눈에 보이고 얼굴은 전혀 안 보일 정도로 깊게 삿갓을 푹 눌러쓴 땡추 방랑객, 어지러울 정도로 입술 근육에서 흐르는 기이한 신음 소리 같은 웃음소리가 무엇인지 모르게 내 감정을 허탈하게 만들었다.

요사스러운 방랑객이 사라진 이후, 근사한 벽화에서 보듯 시머트리(Symmetry)하게 채색이나 상하좌우 대칭이 균형을 이루고 있는 미적 감각에 대한 구성은 전혀 없지만, 낙서장에서 유일하게 잘 보이는 시 한 수와 고진감래(苦盡甘來)라는 고사성어가 내 앞에 어른거릴 뿐만 아니라 멋진 한시 한 구절 한 구절을 나는 한참 동안 다시금 눈여겨보았다.

오늘 하루 힘이든 삶이
그대를 속인다 할지라도
슬퍼하거나 노하지 말지니
괴로운 날들을 견디고 나면

기쁨의 날이 오리니

마음은 내일에 사는 것

현재는 한없이 슬픈 것이라

모든 것은 바람결에 스치는 것이니

훗날 소중한 기억 속에 추억되리라

19세기 제국의 군주 황제가 지배하던 제정 러시아 문학의 황금기를 열었던 근대 문학의 시조, 우크라이나 크림반도 진줏빛보다도 더욱 아름다운 여인들과 사랑을 나누었다던 푸시킨의 삶이란 시로서 글쓴이가 새로운 감성을 고취시켜 독창적으로 부활시켰다.

고단한 인생의 애틋한 삶에 대한 따뜻한 위로의 메시지가 담겨 있는 글이 멋진 채색의 벽화라도 되는 듯 부지깽이로 쓴 글씨가 애처롭게 늘어서 있다.

또한, 씀바귀나물같이 쓴맛을 강하게 느끼게 하는 고생이라는 과정이 끝이 나면 인생에 행복이 도래한다는 고진감래(苦盡甘來)라는 글씨, 부지깽이로 어렵게 쓴 듯이 보이는 이 글씨는 한쪽으로 기울어지게 삐뚤빼뚤 쓰여 있다.

그중에 삿갓이 걸작이라 하며 눈알 빠지게 보았던 한자 중에서 가장 휘갈겨 쓴 초서체 한시의 한 행, 한두 아니 전체 소절을 번안체로 소개해 본다.

雨中玫瑰色的女人

清朗的天際
暴雨如注
默默地撐起雨傘
曾將我頭頂覆蓋的

不知名的玫瑰色女人
人生就是苦難
每當我想起的時候
雨中玫瑰色的女人

我的內心深處
總是溫順的
想念嘴角的微笑

빗속의 장밋빛 여인

청명하고 맑던 하늘가
세차게 쏟아지는 소나기
말없이 우산을 펴서
나의 머리 위에 씌워 주던

이름 모를 장밋빛 여인
인생의 삶이 고난이라
생각될 때마다
빗속의 장밋빛 여인

이내 가슴 깊은 곳에
언제나 다소곳한
미소가 그리워진다

하늘을 덮은 잿빛 회색 구름 아래 활화산처럼 시원스레 타오르는 사랑방의 가마솥 부뚜막의 불을 피우다가 부지깽이로 쓴 글씨라는 것이 명필일 리는 없고, 비록 졸필일지라도 일 년간 속박된 삶은 살아가는 일꾼들의 고락과 애환, 기쁨과 슬픔이 담긴 아름다운 글씨체로 영원히 남을 것이다.

비록 독창적으로 예술적 창작의 경지에 이르지는 못한 작품이지만 모사(模寫)하여 베껴 놓은 근사한 추상화 벽화만은 다시 보아도 눈길이 자꾸만 갔다.

늦가을 갈잎처럼 물든 오래된 흔적 같은 낙서장에는 그들이 차마 표현하지 못한 사연들이 차곡차곡 인생 역정의 과정이나 되는 것처럼 포개져 있음을 말하고 있다.

솔밭 사이로 불어오는 설한풍이 문풍지를 스치고 스산하게 지나친다. 차갑기만 한 바람 소리가 귓전을 때리고 있을 무렵, 한없이 넓은 지평선 따라 싸락눈이 내리더니 이내 하얀 꽃송이처럼 함박눈으로 바뀌어 포물선의 궤적을 이탈하여 흩날리고 있는 새하얀 눈이 내 시선을 가린다.

작은 오솔길이 유일한 하나의 길, 대문 앞 노송의 축 늘어진 가지 위에도 수북하게 쌓인 눈덩이가 떨어질 듯 아슬아슬하게 걸려 있다.

고요한 생각에 잠긴 듯 함박눈이 내리는 노송 사이 오솔길을 거닐던 영란과 영미도 나를 보고 미소를 보낸다.

붉게 타오르는 부뚜막 아궁이 가마솥에 청둥호박을 넣고 찐 시루떡에서는 김이 모락모락 피어올랐다. 소탈하지만 깔끔한 성격인 주인아주머니는 나를 배려해서 시루떡을 칼로 정갈하고도 예쁘게 잘라 놓았다.

"영기야!"

"예, 부르셨나요?"

"어서 들어와 보거라!"

내가 안방으로 들어서자 청순한 여린 눈동자의 영미도 나를 반긴다. 여름날 보리밭 사이길, 아름다운 비너스 같은 무릎 위에 예쁜 나비 한 마리가 앉아서 선잠을 자다 말고 사람의 인기척에 놀라 허공으로 날아가 버린 그 나비 소녀 영란이도 나를 방긋방긋 미소로 반긴다.

"떡 좀 먹어 봐. 찰떡은 뜨끈뜨끈할 때 먹어야 제맛이다."

안주인께서 환한 웃음을 지으시며 하신 말씀이다.

"예, 잘 먹겠습니다. 영란이도 나랑 같이 먹자."

그 말을 하는 순간 널찍한 안방임에도 불구하고 영란이 내 옆에 바짝 붙어 앉아 청결하게 씻지 못한 내 몸에 기댄다.

나는 그녀의 이러한 행동에 전혀 당황하지도 않고 태연하게 앉아 있을 뿐이다. 매일같이 식사 때면 내 옆에 붙어 앉은 것이 습관처럼 되어 있기 때문이다.

여고 1학년인 그녀는, 나의 고요한 눈길에 요조숙녀처럼 수줍은 듯 두 볼이 살굿빛으로 변했다. 둘째 영미만이 나와 매우 친하게 지냈을 뿐, 영란에게는 약 1년여 간 눈길 한번 제대로 준 적이 없던 나였다.

갓 피어난 꽃잎처럼 청순한 그녀는 여름날 소나기에 젖어 축축해진 나의 옷가지들을 우물가에서 매우 정결하게 세탁한 후 솔밭 어귀 바지랑대에 널어 뜨겁게 달아오른 햇볕에 '뽀송뽀송'하게 말려 나 홀로 거처하는 작은 방에 가지런하게 차곡차곡 포개 놓아 준 적이 여러 번 있었다. 하지만 그저 고맙다는 인사말 한번 건네 보지 못했다.

또다시 며칠이 흘러갔다. 간밤에 폭설도 내렸다. 눈 폭탄에 눈이 무릎 정강이까지 차올랐다.

눈 내리는 마당의 많은 눈들을 치우면서도 벙어리 냉가슴 앓듯 어물어물, 우유부단하여 말 한마디 못 하고 주인어른이 계신 안방 앞을 오락가락한다. 그러다 큰맘 먹고 안방으로 들어섰다. 방 안의 화롯불 속에 먹음직스러운 알밤이 구수하게 익어 가고 있었다.

"어서 들어와. 이쪽으로 앉아 보거라."

아직 젊은 청춘의 나이지만, 희끗희끗한 머리칼의 주인어른이 웃으신다.

"저 오늘 고향으로 돌아가면 안 되겠습니까?"

공손하게 여쭈었다.

"뭐? 집에 가겠다고? 뭐 하러. 집에 갔다가 번거롭게 내년에 다시 오느니 올겨울은 여기에서 지내는 게 좋아."

"……."

"왜 갑자기 꿀 먹은 벙어리야!"

눈 내리는 겨울 내내 찬바람이 스산하게 스며드는 창고에서 지푸라기로 쌀가마니나 짜고 있으라는 것이 아닌가. 부자라고 해서 가난한 자를 이토록 속박하게 하는가?

"그래도 가야만 합니다."

"아버님 말씀 따라 그렇게 하세요."

영란도 고향으로 가지 말라고 내 팔을 양손으로 꼭 잡고서 흔들었다.

잠시 동안 어물어물 우유부단하게 결단을 못 내리고 머뭇거리던 나는 단호하게 거절의 의사 표시를 했다.

"이제 그만 고향으로 돌아가겠습니다."

"꼭 가야만 되는가?"

"제발 보내 주십시오. 어르신 간곡히 부탁드립니다."

눈보라가 몹시도 사납게 내리치는 동지섣달 그믐께가 되어 가고 있다. 정력이 차고 넘치는 주인 밑에서 그 무슨 청승이나 떨고 있겠는가. 한없이 드넓은 황량한 지평선 언덕 위 솔밭 사이에 자리 잡고 있는 넉넉하고 부유한 외딴 주인의 집에서 말이다.

주인어른은 내가 고향으로 돌아가는 것에 대해 매우 못마땅하다는 눈치다.

"정 그렇다면 집에 갔다가 내년 초에 꼭 다시 와야 된다. 나와 약속하고 가는 거야."

"……."

주인은 천천히 일어나 장롱에서 1년간의 새경으로 5만 원을 아주 은밀하게 꺼내 주셨다.

"제가 운동화 한 켤레를 사면서 가불한 돈이 조금 있는데요?"

"그 돈은 내가 신발 하나 사서 준 걸로 생각해라."

나는 주인어른 내외분께 큰절을 올리고 길을 나섰다. 잠시 가던 걸음을 멈추고 뒤를 돌아보니 영란과 영미가 대문 앞 오솔길에 서서 손을 흔들고 있지 않은가. 하늘에서는 함박눈이 쏟아지고 있다.

어여쁜 소녀들에게 온다 간다 인사 한마디 없이 떠나가다니 참으로 무심한 사람이구나.

마음이 에이는 듯한 시린 겨울임에도 소녀들의 따뜻한 열기가 손끝을 타고 가슴 깊숙한 곳까지 느껴져 왔다…….

기울기가 나지막한 언덕길, 눈의 무게로 인해 노송들이 어깨를 축 늘어뜨리고 있다. 하염없이 내리는 함박눈 사이로 시야가 가려 더 이상 고운 두 소녀의 모습이 보이지 않는다.

솔밭 사이 노송들이 늘어서 있는 언덕 하나를 넘어서 발걸음을 멈추고 방앗간 뒤란에 있는 귀퉁이 사랑방 문을 슬쩍 열어 보았다. 모두가 떠난 사랑방의 빈 공간, 창호지를 바른 구멍 사이로 휑뎅그렁하니 찬 바람만 들어왔다.

이슬에 젖어 든 눈동자

땀방울로 얼룩진
세월은 바람결에 흘러
낯선 이방인으로 1년

늙고 고목이 진
오랜 세월 살아온 듯한
삶의 흔적들 그 소나무엔
함박눈이 수북하게 쌓여 있다

눈 덮인 오솔길 따라
스산한 설한풍 찬 바람이
가슴을 에는 듯하다

보따리 하나 메고서
떠나가는 젊은이의
적막한 뒷모습
애달프게도 다가서는
두 소녀의 눈가에
촉촉한 이슬이 맺힌다

새하얀 눈송이들이
소녀의 시야를 가려
가녀린 영혼의
시선만을 남긴다

14. 아리따운 여인의 치맛자락

　눈을 머금은 하늘가 살얼음 에는 듯한 매서운 눈보라, 차갑게 얼어붙어 있는 사랑방을 나와 함박눈이 쌓인 작은 산모퉁이를 돌아서 발걸음을 가볍게 옮기고 있다.
　그때였다. 누군가 내 등을 가볍게 노크한다.
　순간 뒤를 돌아다보니 젊은 여인이 나를 보고 방긋하게 웃고 있는 것이 아닌가.
　단아한 옷차림새와 쪽을 찐 머리에 은비녀를 꽂고서 오색빛 댕기머리를 한 곱고 어여쁜 젊은 여인이었다. 곱게 빗어 쪽을 틀어 올린 머리 위로는 순결한 처녀의 면사포 꽃잎처럼 하얀 눈송이가 내려 앉아 있었다.
　"아니, 누구세요?"
　"혹시, 여름날 공동묘지에서……."
　그녀는 환한 미소를 지으면서 나에게 말한다.
　"아니! 공동묘지라니요?"
　"저를 살려 주신 은인을 제가 모르는 체하면 아니 되지요."
　"그날, 자줏빛 꽃잔디가 애처롭게 깔린 무덤 앞에 있던 분이군요?"

"제가 그때, 공동묘지에서 죽어 있던 여자죠."

"그날은 경황이 없어서 누구인가 얼굴을 자세하게 기억하질 못해요."

"네. 당연하지요."

여인은 나의 얼굴을 살며시 바라보면서 말했다.

"아 예, 제가 죽음의 벼랑 끝 같은 파헤쳐진 무덤 속에서 빠져 사투를 벌이다가!"

여인은 병원에서 퇴원한 이후, 나에게 감사의 마음을 전하기 위해 여러 번 사랑방을 찾아왔었다. 그때마다 사랑방이 비어 있어 지나가는 길손에게 물어보았더니 늦은 밤이 되어서야 일을 마치고 돌아온다는 말을 듣고 그냥 발걸음을 돌렸다는 것이다.

"여름날 무덤가를 헤매고 있던 중이었어요."

"아니? 공동묘지에서요?"

"주인어른을 위하는 일이 있었지요."

여인은 나의 말에 깜짝 놀랐다. 그러면서 어찌하여 매일같이 공동묘지에 가서 머물고 있었는지에 대하여 질문하고 싶은 표정이었다. 나는 하염없이 내리는 눈송이를 따라 하늘만 쳐다보고 있었다.

"날이 저물어 가는데 급히 서둘러 가야만 합니다."

"저희 집에서 하룻밤 묵고 가시면 안 되나요?"

"미안한 말씀이나 어렵겠네요. 저는 사랑방에서 지금 떠나는 나그네입니다."

"그런데 집이 어디예요?"

"읍내로 가는 길목이에요."

"그럼 일단 함께 걸어갑시다."

"네, 그러지요. 제가 오늘 일정이 무척이나 바쁘거든요."

"그렇게 바쁜 일이 많아요?"

"저 사실은 급하게 책이 필요해서 읍내 서점에 가야 했는데, 오늘 책을 살 돈이 처음으로 생겼어요."

"그럼 서점에 먼저 가면 저희 집에는 못 가나요?"

"우리 함께 걸으면서 눈 내리는 소나무 오솔길을 색다른 의미로 감상해 보죠."

작은 입자의 미세한 눈송이들이 하나의 결정체로 달라붙어 형성된 함박눈이 포물선을 그리면서 하염없이 내리고 있다.

"오늘 새로운 세상으로 다시 태어난 기분이랍니다."

"다시 태어났다고요?"

"그럼요."

"그런데, 어떻게 사랑방을 알고 찾아왔나요?"

"병원 보호자란에 연락처와 이름이 적혀 있는 것을 보고서요."

"아니? 제가 연락처를 적어 놓고 왔나요?"

"네, 그래요."

"참 그랬던가요."

"병원 규정에 보호자 기록이 반드시 필요하다고 했기에 그랬지요."

인적이 간곳없는 고요한 침묵 속에 잠겨 든 산길을 따라 그 언제인가 공동묘지에서 입맞춤하던 여인과 걸음을 재촉했다. 드넓은 산야 은밀하고도 근사하게 아름다운 장소도 많고 많은데 왜 하필이면 무덤가에서 입맞춤을 하였던가.

그날의 입맞춤은 사실상 성애의 표현은 아니지만 어릴 적부터 철수라는 지은이의 성인 만화와 연애 소설책에 심취해 있던 나는 그 지면을 통에 큰 영감을 받고, 심폐 소생술과 인공호흡이라는 것을 시도해 보았다.

사람의 생명을 살리는 데 기여한 공로가 문학책이라는 것에서 창조적 계기, 기발한 착상의 실마리를 형성하게 된 것이다.

여인은 연정리라는 큰 예배당이 있는 동네에 살고 있었다. 나도 일요일 저녁 시간이면 매주 교회를 열심히 다녔기 때문에 작은 야산 아래 자리 잡고 있는 여인의 동네를 대충은 알고 있었다.

"저는 불나방 같은 사람입니다."

"예? 불나방이요? 불나방이면 어쩌나요? 저를 살려 주신 은인 아닌가요?"

눈을 씻고 찾아 봐도 나를 반겨 줄 사람 하나 없는 서울로 무작정 상경하여 공사판에서 일이라도 하면서 못다 한 공부를 조금이라도 해 말단 공무원 시험이라도 합격해 보고 싶었다. 그러나 그 성공 확률이 얼마나 될지는 어느 누구도, 아니? 나 자신도 향후 미래를 예측할 수가 없는 일이다.

나는 어릴 적 다섯 살이 되던 해부터 성당에 다니는 외할머니가 성가 책으로 한글을 깨우치게 해 주어 만화책을 매일같이 탐독했다.

불나방이란 누구를 빗대서 하는 말인가? 관직으로 출세하거나 재물을 모으는 데 있어 성공할 확률이 아주 낮은데도 그 유혹이라는 매력에 푹 빠져 저 죽을지도 모르고 무작정 불구덩이 같은 곳으로 뛰어 들어가는 사람을 불나방 같은 자라고 하지 않던가.

"아니? 제가 오늘 사랑방을 떠나가면 영영 못 볼 사람인데, 어찌 하필이면 날짜뿐만 아니라 시간까지도 정확하게 알고 오시었나요?"

"우연히 그렇게 되었네요."

"참으로 그것도 기이한 운명이군요."

이러한 오늘의 현실은 우연히 일어난 것이 아니라 필연적으로 나에게 다가선 하나의 어떤 절묘한 초인간적인 힘이라는 과정의 끈이 아픔을 간직한 여인의 집으로 이끌고 있는지도 모르겠다. 그러던 중 아리따운 여인의 아담한 집, 작은 싸리문 앞에 도착했다.

"저 혹시 집 안에 누구 와 있어요?"

"아무도 없어요."

"그래요."

"걱정 마시고 들어오세요."

방 안 한쪽 벽에는 사진 한 장만 달랑 걸려 있다. 그 사진을 유심하게 바라본 나는 놀라지 않은 수가 없었다.

"저 사진 속 예쁜 꼬마 소녀가 누구인가요?"

"하나밖에 없는 제 딸이죠."

"저렇게 어여쁜 딸이."

"네, 그렇게 말없이 가 버리고 저 혼자 살지요."

"저도 형들이 셋 있었지만 저세상으로 먼저 갔어요."

"하나도 아니고 셋씩이나요?"

"그래서 제가 졸지에 집안의 장남이 되고 말았지요."

그 언젠가 모든 죄악과 재앙을 잠재운 판도라 상자 속 같은 악의 수렁에서 빠져나와 고목나무 한 그루가 서 있는 곳에서 내 앞에 서 있던 꼬마 소녀, 손짓을 하는 듯이 바람결에 다가선 소녀와 너무 닮아 있지 않은가?

그렇다면 그 어린 꼬마 소녀가 슬픈 영혼이 되어 차마 이승을 떠나지 못하고 자신이 잠이 든 묘지 주변을 홀로 외롭게 맴돌고 있었는지도 모르겠다.

'바로 그거야.'

"그럼 따님의 작은 무덤가에 쓰러져 있었던 것인가요?"

"당연하지요."

'그래 맞다!'

나는 혼자 독백이나 하듯 중얼거렸다. 나를 악마가 시험 삼아 유혹하여 깊은 수렁 같은 빈 무덤의 관 속으로 빠지도록 장난을 치던 그날이었다. 바로 그렇다. 내가 죽기 일보 직전까지 사경을 헤매고 있던 날이다.

'아픔을 간직한 나약한 여인의 집에서 상처받은 내 영혼 잠시라도 하룻밤 편하게 쉬었다 가자.'

잠시 후 여인이 부엌에서 주안상을 차려 방으로 들여다가 내 앞에 희고 가느다란 손으로 내려놓았다.

"술 냄새가 어떠세요."

"술 향기에 이미 취해 버렸네요."

"따뜻한 아랫목으로 앉으세요."

"아니요. 괜찮아요."

"이쪽으로 내려와서 다리 쭉 뻗고 있으세요."

그러면서 여인은 내 집처럼 주인이나 된 듯 편하게 생각하라고 다소곳하게 말을 건넸지만 나는 왠지 점잖게 자세를 낮추고 싶었다.

"한겨울인데도 안방이 너무 포근하네요. 주안상은 필요가 없는데요."

"아니, 왜요?"

여인은 주안상이 필요 없다는 내 말에 전혀 개의치 않고서 날씨가 춥다고 내 옆에 다가와 가까이 붙어 앉았다.

우연히 읍내에서 마주친 화살코라는 놈과 막걸리 한잔을 생애 처음 마신 적은 있지만, 술을 못 마시는 것은 아니고 안 마셔 보았다고 은근하게 의사를 표하고 나서, 고개를 살짝 들고 그 여인의 얼굴을 바라보니 말없이 가냘픈 미소만을 머금고 있는 것이 아닌가. 또한 여인의 양 볼은 새아기씨 젖살인 듯 수줍게 붉어진 홍당무처럼 볼그스레하게 물들었다.

"잔 받으세요. 제가 약술로 담가 보았는데 어떠세요?"

"술맛이 아주 끝내주네요. 저도 한잔 드릴까 하는데 잔이 없네요."

"네, 제가 부엌에서 가져올게요."

"술이 입술에서 사르르 녹아내려요."

왕개미처럼 허리가 가느다란 여인은 즉시 잔을 가져왔다.

흰 눈이 쌓이는 초가삼간 달빛에 어리는 안방. 찬 바람이 창호지를 넘어 문풍지를 때리고 스쳐 갔다. 스산한 바람만이 불고 있는 동지섣달이다.

우리는 다정한 연인이 되어 술잔을 주거니 받거니 잔을 기울였다.

"한잔 더 드세요."

"아니요. 그만 마시고 싶은데요."

애린 미소 안주 삼아

어스름하게 비치던
달빛도 끄느름하게
잠이 들고 하염없는
눈송이는 창호지의
문풍지를 흔든다

송이송이 덮여 있는
여린 풀잎마다 애달피
눈시울 적신다
눈송이가 꽃송이처럼
피어나는 산길 따라
걸어왔던 낯선 이방인
텅 빈 가슴 안고 찾아든
아담한 여인의 고요한 집
여인의 애린 미소를
안주 삼아 바람이 불거나
눈이 오면 눈에 덮여
쓰러진 한 포기 풀잎처럼

욕심도 욕망도 없이
여인의 고운 손에
탁주(濁酒) 한잔
취한 듯 살고 싶어라

참으로 보드랍고 매우 나긋나긋한 여인은 젊은 남자의 따스한 등에 업혀 살아나게 되어 고맙다고 수줍듯 말했다.

여인은 남편이 젊은 나이에 폐결핵으로 죽고 외동딸 하나만을 키우다가 어린 딸까지도 땅속에 묻고서 홀몸이 되어 더 이상 세상살이가 싫어졌다고 한다. 독극물을 조금씩 마시면서 빈 병은 강물에 내던지고 공동묘지에 도착한 이후 기억나는 것이 전혀 없다고 했다.

여인이 기적같이 살아난 것은 치사량보다 약간 적은 양의 독극물을 마셨기 때문에 구사일생으로 살아난 것이라고 추측해 본다.

아직도 여인의 눈동자에는 슬픔이 남아 있는 듯 눈가에 애처로움이 감돌고 있었다. 애이불비(哀而不悲)라, 여인의 가슴은 아직도 아프지만 겉으로는 슬픔을 감추고 있는 듯 보였다.

그렇다면 그 고목나무가 있는 소나무 숲에서 내 앞에 홀연히 모습을 보였다가 바람처럼 돌연 사라진 하얀 원피스를 입은 어린 소녀가 혹시 이 여인의 딸인가.

"아니! 그러면 어머니의 배 속에서 아비를 여읜 어린 소녀가?"

"네, 맞아요."

"어여쁜 꼬마 소녀에게 아픔이 많겠네요."

무슨 이유에서인지 별나라로 떠나지 못한 예쁜 소녀가 가여운 영혼이 되어 자신의 무덤가 근처 공동묘지를 헤매고 있는 나를 유혹해 죽어 가는 어미 앞으로 인도하여 이 여인을 살리게 한 것이라고 감히 추정해 본다. 아름다운 여인과 생애 처음으로 술잔을 여러 잔 비웠더니 취기가 한껏 올라왔다.

　"제가 안 마셔 본 술이라서……."
　"그래도 얼굴은 좋아 보이는데요?"
　"난생처음 과음했네요."
　"몇 잔 안 마시고서는."
　"한껏 얼큰하게 취기가 올라오는데요. 제 얼굴을 좀 보세요. 화끈거리고 있지요?"
　"네, 그러네요."
　여인은 볼그스레한 나의 얼굴을 가냘픈 손으로 어루만지고 있다.
　"참으로 포근한 밤입니다."
　"저는 이 순간을 음미해 보고 싶었지요."
　"그런대로 집이 좋아요."
　"한두 곳 고칠 데가 있는데 겨울이라서 못 고치고 있어요."
　"그런 일은 꽃이 피는 봄날쯤 시작해야지요."

연둣빛 저고리를 곱게 차려입은 아름다운 여인을 녹이홍상(綠衣紅裳)이라 하였던가.

달빛에 흰 구름 머무니 함박눈이 소복소복 날리는 야심한 밤 시간까지 정감 넘치고 운치가 있었다. 감싸안은 열두 폭 치맛자락에 꽃 같은 청춘이 쌓여 밤이 이슥하도록 술잔은 깊어만 갔다.

"참으로 용감했어요."

"네?"

"절 구해 주신 그날 묘지에서 말이에요."

"그때 깊은 구덩이 속에서 악마들과 끝까지 싸워서 이겼지요."

송장들을 꺼내기 위하여 땅굴처럼 움푹하게 파인 지옥의 구렁텅이, 요란한 섬광이 휘몰아치던 죽음의 계곡 같은 곳에서 살았다는 것에 대하여 오늘따라 생명의 소중함이 한없이 가슴 깊이 느껴져 온다. 그날 공동묘지에서 일어난 사건들이 다시금 뇌리(腦裏) 속에서 회상됐다. 참으로 괴이한 미스터리가 아닐 수가 없다.

이승이란 현실의 세상에서 살아가는 우리네 인간들이 혼령들만이 존재하는 초자연적이고 영적인 세상을 어찌하여 이해할 수 있겠냐마는 여인과의 만남도 숙명적이고도 운명적인 것이 아닌가.

"눈망울이 꽃사슴처럼 예쁘네요."

아직도 슬픈 눈동자를 지니고 있는 여인에게 눈동자가 슬퍼 보인다고는 말할 수 없기에 그리 돌려서 말했다. 그러나 여인은 꽃사슴의 맑은 눈동자를 잘 알고 있는 듯 말을 이어갔다.

"꽃사슴처럼요? 어린 사슴의 눈동자가 아름답기도 하지만 슬퍼 보이기도 하지요."

"겨울에 피어나는 새하얀 꽃송이 같네요. 아주 몸매가 호리호리하신데요."

"원래 제 몸매가 깡마른 체형인데 이곳에 와서 아주 좋아졌지요."

이처럼 상냥한 여인이 어찌하여 그날은 극단적인 길로 가려 했는지에 대해 애처롭고 안타까운 마음이 다가섰다. 따라서 인간이 그 어떠한 선택을 하는 데에는 찰나(刹那), 즉 순간적인 아주 짧은 시간에 모든 것이 결정된다는 것이다.

15. 하룻밤 맺은 인연

밤이 꽤 이슥해지도록 남녀 간의 달콤하고도 따스한 밀어(蜜語)는 연정으로 가득가득하게 채워지고 있었다.

참으로 아름다운 여인이 아랫목에 깔아 준 포근한 원앙금침(鴛鴦衾枕)의 곱고도 고운 이부자리에 나는 조심스럽게 누웠다.

"이부자리가 불편하지 않나요?"

"아주 뽀송뽀송한 잠자리군요."

"시집와서 처음으로 펴 본 거예요."

"저는 이런 멋진 금침에 처음 누워 보는 겁니다."

내 고향뿐만 아니라 사랑방에서도 느껴 보지 못한 이처럼 부드러운 솜털같이 고운 원앙금침 속에서의 잠자리에 드는 것은 난생처음 있는 일이었다.

고운 님 오신 날 밤

함박눈 쌓이고 쌓이는
동지섣달 길고 긴 밤
홀로 잠이 들기에는
외롭고 차가운 밤이랴

손수 수놓은 고운 이부자리
가슴 아리게 포개어 넣었다가
내 고운 님 오신 날 밤에
두리두리 뜨겁게 펴 오리다

푸른색 선명한 도화지에 하얀 솜사탕 같은 구름 사이로 눈보라 내리치는 설한풍 속 창호지에 붙인 문풍지에서 차가운 바람 소리가 요란하게 들려오지만 방 안은 뜨거운 불꽃의 열기로 가득 채워지고 있다.

"왜 이리도 이른 아침에 일어나세요?"

"눈이 많이도 왔으니 길을 좀 내 보려고 해요."

나는 방문을 열고 나와 처마 밑에 있는 긴 빗자루를 들고 사람이 걸어 다닐 수 있도록 작은 길을 내고 있던 중 여인이 아침 식사를 하자고 부른다.

"이제, 그만 방으로 들어와서 식사하세요."

"네, 들어갈게요."

"눈을 치우지 않고 그냥 두면 안 될까요?"

"누군가 사람이 왕래를 하도록 해야지요."

여인은 내가 집 앞의 눈을 치운 후에 떠날까 봐 무척이나 걱정스러운 기색이 역력하였다.

"혹시 가시려거든 삼 일만 저희 집에 더 머물다 가세요."

"어제도 제가 일정이 바쁘다고 그랬지요?"

몹시도 차가운 눈보라가 얼굴을 때리고 스치는 매서운 날씨에 애절한 여인은 순간의 감정이 복받친 듯 여린 눈가에 작은 이슬이 고여 있었다.

"그저 바라만 보고 있어도 행복해요."

"당신의 열정 참으로 뜨거웠지요."

"정 가시려거든 오늘만은 가지 마세요. 오늘 밤도 뜨겁게 젊음을 태우고 싶어요."

"예정된 여정(旅程)에서 하루가 늦어졌어요."

"혼자서는 너무너무 추워요. 한 치 앞도 안 보이는 눈보라 속을 가시려고요?"

눈시울을 적시고 돌아서서 하염없이 울고 있는 가여운 여인을 그저 못 본 체 뒤로하고 떠나가는 발걸음이 무겁기만 했다.

저 멀리 시야에 드러나 보이는 드넓은 평야, 초가삼간 단조로운 집 안이지만 운치가 깃들어 있는 뜨락에도 함박눈이 하염없이 내리고 또 쌓여만 간다.

한 여인의 슬프고도 행복한 뜨거운 마지막 사랑이었나? 슬픔이 비가 된 듯 흐르는 눈물이었던가.

나의 가슴속에 파고(波高)가 일렁이듯 설레게 만든 아름다고도 나약한 한 여인의 이름 석 자도 물어보지 못하고 떠나가는 석별의 아쉬운 정을 못내 애달파하면서, 하룻밤 맺은 인연, 서글프게도 첫사랑이란 열매가 무르익기 전에 떠나가련다. 애절한 여인의 자줏빛 옷고름에 눈물이 하나둘 떨어지고 있다.

이른 아침 눈발이 차갑게 내리고 있는 싸리문을 말 한마디 아니 하고 그냥 정처도 없이 나섰다.

석별(惜別)의 정

한겨울 차가운 눈꽃
달빛 어리는 매화 향기
작은 가슴은 슬프다

뜨거운 원앙금침 열기는
하늘만큼 높이 닿았는데
오가는 연정에 취하여도
얼음을 녹이고 끝이 없네

은은하게 흐르는 비파 자락
피리 서려 더욱 향기로워라

그윽한 홍매화 치맛자락
아침이면 눈시울 적시고
이별하고 사무치는 정(情)
물결처럼 거품만 남기네

우리네 사람은 어디서 왔다가 정처 없이 어디로 가는가? 우리 모두 이방인일까? 회자정리(會者定離)라는 것, 우리네 인간은 만나면 반드시 헤어져야만 한다. 슬픈 이별이 정해져 있다는 불가의 경전에 따른 아픔이 왜 없지 아니하겠는가.

 발자취 하나 남기지 아니하고 조용하게 왔다가 말없이 떠나가는 우리네 인간들 아니던가? 이름도 문패도 없는 거적문을 열고 들어왔다 말없이 떠나가는 사랑방 손님일지도 모른다.

 한 여인을 만나기 전 어제 늦은 오후 시간을 잠시 회상에 젖어 본다.

 사랑방 구석진 곳 누군가 버리고 간 벙거지 하나가 나를 반겼다. 아니다. 언젠가 찬 이슬 내리던 가을날 내가 쓰다가 아무렇게나 던져 놓은 모자가 아니던가. 구멍이 숭숭 뚫린 벙거지 모자는 먼지 더버기가 수북하게 쌓여 있는 채 구석진 곳에 덩그렇게 처박혀 있었다.

 고독에 젖은 벙거지, 그 위에 쌓인 먼지들을 뚝뚝 털었다. 굽이굽이 가시밭길 부대끼며 함께 걸어온 듯 누렇게 변질된 나의 벙거지, 미친 광대의 나뭇등걸처럼 얼굴이 몹시도 파리해져서 뼈만 남은 육신에 모자를 푹 눌러썼더니 '보송보송'하지는 않지만 따스하고 아늑하다.

이제는 굽이치는 동진강 드넓은 황금들판이 아니다. 허무하게도 텅 비어 있는 지평선 아래, 날개를 잃어버린 허수아비만이 바람결에 애처롭게 흔들이고 있었다. 왠지 슬퍼지는 마음에서 여러 가지 감정들이 교차된다.

눈 덮인 산야는 보이는 것마다 모든 것이 경이로움을 간직하고 있다. 사람의 인적도 끊긴 눈 내린 산야, 먹이를 찾아 이리저리 헤매는 들꿩들이 다닌 발자국만이 잠시 보이다가도 한없이 내리기만 하는 눈발 속에 이내 사라진다.

눈길을 하염없이 걷다 보니 그 언제인가 주막의 누님이 준 열매가 생각이 났다. 어깨에 메고 있는 남루한 가방을 열었다.

가방 한쪽 구석에는 볼그스레하고 탐스러운 토종 석류 하나가 새근새근 잠들어 있었다.

"새 옷인데 어떤지 한번 봐 줄래?"

누님 같은 여인은 졸졸 흐르고 있는 개울가 쪽으로 수줍은 듯 고요한 미소를 지으며 나긋나긋하게 걸었다.

"오늘따라 매혹적으로 아름다워요."

"그렇게 멋있어?"

"다 예쁜데, 옷고름이 더욱 고혹적인 색상이네요."

"내가 패션 감각이 좀 있거든."

그 따스한 낙화유수(落花流水)같이 마음 설레게 했던 정감 어린 얼굴이 가슴에 깊이도 어른거린다.

"누님, 그런 눈으로 저를 보지 마세요."

"내 눈망울이 슬퍼 보이나?"

"고혹적인 눈 속으로 제가 빨려 들어갈 것 같네요."

한편으로는 누님 같으면서도 촉촉하게 이슬에 젖어 든 뇌쇄적인 눈빛을 간직한 아름다운 여인이기도 하다.

또한 내 몸을 생애 처음으로 벌거숭이 나체로 발가벗겨 놓고서 정결하게 씻겨 준 헤픈 처녀 무남독녀 외동딸, 어미의 얼굴도 모르고 홀아비가 동냥젖을 받아 애지중지 키운 그 지방 최고 부잣집의 아름다운 규수를 가출하게 만든 직접적이고도 간접적인 책임이 나에게 있는 것만 같다.

"화끈한 여자와 헤픈 여자도 구별 못 하나요?"

"헤픈 여자라고 생각이 되어서요."

"저는 오직 한 남자에게만 정을 주는 여자예요."

"무엇인가 나사 하나가 빠진 것 같네요."

"제가 그토록 헐렁헐렁한 여자로 보이나요?"

그것은 데릴사위를 거절당했기에 한학(漢學)에 밝고 능숙하다는 규수가 가출하게 된 것이라고 추정해 본다면 더욱 내 자신의 책임이 무겁게만 느껴져 온다.

그리고 약 1년여 간 친자식같이 몹시도 애잔한 눈으로 나를 바라보시면서 포근한 어머니의 품 안처럼 인자한 마음씨로 감싸 주신 안주인의 얼굴과 함께 큰딸 영란이의 모습이 이내 가슴을 아프게 했다. 감히 첫사랑이라고 말할 수 있는 깊은 사이도 아니지만 식사 시간마다 좋은 음식들을 챙겨 준 순정 어린 가녀린 얼굴, 세월이 흐르고 나면 따스했던 그녀의 섬섬옥수(纖纖玉手) 같은 정감 어린 손길들이 더욱 그리워 질 것이다.

"학교 졸업과 동시에 수도원에 들어가려고 그래? 마음의 결정은 내린 거야?"

"그럼, 내가 좋아하는 책을 보고 결정한 거야."

"여학교 졸업 후에는 우리 만나기가 어렵겠구나?"

"아마 그렇게 될 거야."

그때 보리밭 사잇길에서 찐 계란 껍데기를 까서 내 손에 쥐여 주면서 고운 입술로 상냥하게 말했었다.

그러한 상념에 깊이 잠기던 순간 구멍이 '뻥뻥' 뚫린 누더기 같은 벙거지 사이로 차가운 눈송이가 비집고 들어온다.

아득한 지평선 아래, 안개가 뿌옇게 드리워진 강가에 하얀 수염의 갈꽃이 피어 있는 호젓한 호반에서 얼음장같이 차갑게 에는 바람이지만 상쾌한 느낌으로 가슴 깊이 밀려든다.

흘러간 시간들의 의식적, 무의식적 땀방울에 이슬 맺힌 속박되고 억압되었던 영혼의 인생이 아니었던가.

하늘을 우러러 양팔을 '쫙' 펴고 자유인임을 소리친다.

따스한 봄날 꽃이 필 때쯤 서울로 공부하러 무작정 상경한다는 '희망의 등불'이 살갗을 베는 듯한 눈보라 속에서도 나의 가슴을 뜨겁게만 달군다.

불가에서 전해지는 '무아의 존재'라도 되는 듯, 한겨울의 길목에서 차갑기만 한 날씨에 왜 그리도 하늘빛은 아름다움을 간직하고 있는가.

언제나 푸르른 강물, 동진강 굽이도는 물결 저 멀리 아련한 돛단배 하나가 흐르는 뱃길 따라 수평선 너머로 사라지고 있다.

흰 구름 머무는 하늘가 잠깐씩 비치는 햇살 사이로 얼어붙은 호수의 빙점이 은색으로 반사되어 비단결처럼 고요하게 사막의 신기루나 된 듯 흐르고 또 흐른다.